LeYa

[Perácio]

[RELATO PSICÓTICO]

Transcrito e comentado por

Bráulio Mantovani

Revisão de textos **Fátima Couto e Taís Gasparetti**
Capa **João Baptista da Costa Aguiar**
Diagramação **Città Estúdio**

Dados internacionais de catalogação na publicação (CIP-Brasil)
Ficha catalográfica elaborada por Oficina Miríade, RJ, Brasil.

M293 Mantovani, Bráulio, 1963- Perácio : relato psicótico / Transcrito e comentado por Bráulio Mantovani. – São Paulo : Leya, 2010.
224 p.

ISBN 978-85-8044-021-8

1. Ficção brasileira. 2. Literatura brasileira. I. Título.

10-0050 CDD B869.3

2010

TEXTO EDITORES LTDA.
[Uma editora do grupo Leya]
Av. Angélica, 2163 – Conjunto 175
01227-200 – Santa Cecília – São Paulo – SP – Brasil
www.leya.com

Para João e Carol.

Não entenderam, porém o que eu quis dizer, como sempre, não entendem o que digo, porque o que digo não significa que disse o que disse, ele disse, pensei.

O Náufrago, Thomas Bernhard
(tradução de Sergio Tellaroli)

Let the fuckers work that one out.

John Lennon

Eu não sei se eu vou escrever. E se eu escrever, eu não sei o que eu vou escrever. Desculpe, Pascoal, mas é a verdade. Quando eu contei para você sobre o meu desejo de publicar este texto, minha ideia era entregar apenas a transcrição do que está gravado nas fitas e que ninguém, além de mim, deve escutar. É uma precaução necessária. Eu não vou permitir que ninguém mais escute as fitas, e vou escondê-las em um lugar seguro quando terminar a transcrição. Talvez eu também não devesse escutar uma vez mais o relato gravado. Você poderia me perguntar "mas o que aquela voz pode fazer com você agora que já não tenha feito antes?". Se você fizer essa pergunta, eu não vou saber responder de maneira coerente e satisfatória. Eu vou dizer que sei que há um risco. O que eu quero dizer é que eu acredito que haja um risco e que eu sei que eu tenho razões suficientes para acreditar nessa possibilidade. Eu sei que essa resposta não será satisfatória nem coerente e que isso importa pouco ou quase nada. Você não vai fazer a pergunta porque você nunca ouviu aquela voz.

Eu tenho, entretanto, motivos para acreditar que pode haver um risco, e acredito que você vai me entender quando eu contar para você algumas coisas que eu não contei antes. Eu vou contar para você coisas que você não sabe, e você vai entender por que eu venho hesitando há tanto tempo em ouvir as fitas do relato uma vez mais. Por enquanto, é suficiente eu confessar o meu medo de apertar o botão *play* do gravador, colocar os fones de ouvido e permitir novamente que aquela voz sinuosa percorra os meus neurônios. Eu escrevi sinuosa? Escrevi. Escrevi sem me dar conta de ter escolhido essa palavra. Eu não sei se sinuosa é o adjetivo adequado para definir a voz do meu narrador.

O que é uma voz sinuosa? Ondulante? Ondulada? Tortuosa? Se você me pedisse para falar qualquer coisa com uma voz sinuosa, eu não saberia fazê-lo. Eu sei imitar vozes melhor do que muitos atores, e no entanto não tenho a menor ideia de como imitar uma voz sinuosa. Se você ouvisse a voz do meu narrador, você concordaria comigo que se trata de uma voz que não pode ser outra coisa a não ser sinuosa. Mas você não vai ouvi-la. Você não vai ouvir a voz que me tortura há mais de 20 anos.

Eu não posso permitir que alguém mais escute as fitas por motivos que eu vou lhe explicar em breve. Somente eu devo ouvi-las, a despeito do risco, pois lhe dei a minha palavra de que entregaria o texto que eu sugeri que você publicasse. Se eu não ouvir o relato novamente, você não terá o texto que eu lhe prometi. E eu não vou faltar com a minha palavra, ainda que se trate de um risco. Acho que isso você já entendeu.

O que você não vai entender nunca é que eu me daria por satisfeito se a transcrição e apenas a transcrição do relato fosse publicada. Você quer um livro meu, mas este texto não deveria ser publicado como um livro meu. Eu admito, tomado pelo sentimento da vergonha, que só me deixei convencer pela sua ideia de que este fosse um livro meu no momento em que você me ofereceu um adiantamento. Não fossem minhas dificuldades financeiras prementes naquele momento, eu não estaria agora premido pelo medo de ouvir novamente o relato e pela angústia de não saber se vou conseguir escrever por não saber o que eu devo escrever.

Na verdade, eu tenho uma ideia do que eu posso escrever, mas eu não tenho ideia se o que eu posso escrever é o que eu deveria escrever ou o que você gostaria que eu escrevesse. Talvez você entenda por que quando eu lhe explicar a ideia ou talvez você não entenda. O fato é que você não poderá fazer nada para mudar o que eu escrever. Quando você estiver lendo esta carta, a transcrição do relato e seja lá o que for que eu tiver escrito ao final já estará empacotada a caminho do seu escritório em São Paulo.

Você poderá decidir, depois de ler o material, que o texto é impublicável e exigir que eu devolva o adiantamento. Eu estou disposto a fazê-lo se for esse o caso. Eu faria o mesmo agora se você aceitasse o adiantamento de volta e concordasse em publicar apenas a transcrição do relato. Eu sei que você não vai aceitar o adiantamento de volta e não vai publicar o texto da maneira que eu preciso que ele seja publicado. Eu não vou insistir nessa questão. Você vai recusar o dinheiro novamente. Você quer um livro que de alguma forma seja meu, e eu vou ter que terminá-lo. Eu não vou faltar com a minha palavra.

Quando você começou a me ligar para me avisar que o meu prazo havia se esgotado há meses, eu percebi que só me restava a opção de fugir. Eu fugi para longe de você, Pascoal, mas fugi para terminar o livro que você quer. Eu fugi com a ilusão de que na comuna onde nasceu meu avô paterno eu conseguiria ter a concentração que me parecia impossível no Brasil. Mas não foi o que aconteceu. Eu estou aqui há seis meses, olhando para a tela em branco do computador, olhando para o gravador sobre a mesa, olhando para as fitas cassete em suas caixinhas transparentes, olhando para o fone de ouvido. E até agora nada aconteceu. Mas depois do que vi ontem na praça, eu entendi que eu tenho que começar e acabar o trabalho o mais rápido possível. Pode ser que eu não tenha muito tempo. E eu não vou faltar com a minha palavra. Eu vou entregar o livro que eu prometi a você, antes que algum desses italianos que me odeiam denuncie o meu paradeiro.

Cavarzere é apenas maior que uma vila, tem pouco mais de 15 mil habitantes. Cavarzere é o lugar onde eu estou. Eu sei que você não sabia que eu estou aqui. Quase ninguém aí no Brasil sabe. Eu não quero que saibam onde eu estou agora, e não estarei mais aqui quando você estiver lendo esta carta. Quando a carta chegar, eu já terei enviado o texto do livro, e assim que eu fizer isso eu vou-me embora deste lugar infando.

Desde que cheguei me assusto constantemente com a semelhança física entre mim e as pessoas à minha volta. Até os velhos e os bebês parecem ter o meu rosto, e quase todos se chamam Mantoan, como eu. Cheguei aqui usando o verdadeiro sobrenome da minha família, em vez da adulteração da imigração brasileira. Não encontrei nenhum parente, apesar da abundância do sobrenome e das semelhanças nos rostos. Sinto-me cercado de primos, tios, sobrinhos e sobrinhas. Talvez por isso eu tenha brigado com todo mundo e deixado de dizer o meu verdadeiro sobrenome quando algum desavisado ousa perguntá-lo. Coloquei na porta da minha casa uma placa com os dizeres "*Diavolo di Cavarzere*", para ninguém chegar perto. E eles não chegam mesmo. Desde que eles me ouviram falando em hebraico em um telefone público, eles pensam que eu sou judeu, e não chegam perto de mim. Todos os meus amigos judeus também pensam que eu sou judeu. Quer dizer, eles quase sempre me perguntam se eu tenho certeza de que eu não sou mesmo judeu quando eu falo ou faço certas coisas que para eles são coisas que os judeus dizem ou fazem, e quem é gói, em geral, não diz e não faz. É como se eles pensassem que eu sou judeu mesmo sabendo que eu não sou. Só que eles não se afastam quando eu me aproximo, enquanto aqui, onde quase todos se chamam, como eu, Mantoan, e mesmo os que não têm o meu sobrenome têm o rosto parecido com o meu, todos fazem questão de manter uma distância segura quando me veem. *Sono il diavolo.*

Meus desentendimentos com os habitantes de minha terra ancestral estão me causando sérios problemas. A companhia telefônica cortou os serviços, deixando-me inclusive sem internet. Já não me lembro de quando falei ao telefone com as pessoas do

Brasil que sabem onde eu estou. Você sabe quem elas são. Já deve ter perguntado a elas onde estou. E elas, seguindo minhas instruções, devem ter respondido desconhecer o meu paradeiro. Não quero que ninguém venha me ver, apesar de minha imensa solidão.

Mesmo para comer eu saio todos os dias de lambreta e pego o *vaporetto* até Veneza, de onde em breve vou enviar a você esta carta, pelo correio, na expectativa de que assim você só possa conhecer minhas explicações quando eu já tiver terminado de transcrever o relato. E de escrever algo que seja apenas o suficiente para que você possa se convencer de que irá publicar, se publicar, um livro meu.

Eu vou lhe dizer o que eu acho que eu posso escrever para satisfazer a sua exigência de publicar um livro que seja de alguma forma meu, por mais que eu me sinta apenas um digitador da fala alheia. Em breve eu vou lhe dizer tudo. Antes, porém, há certas informações, certos detalhes sobre o relato que eu gostaria que você conhecesse.

Eu não lhe contei esses detalhes antes, quando sugeri que você publicasse apenas a transcrição das fitas, porque temia, como ainda temo, que você não acreditasse, ou que, se acreditasse no que eu vou lhe contar, você pensasse que eu sou um idiota e nem considerasse a possibilidade de publicar qualquer texto que eu lhe entregasse. Talvez seja isso mesmo o que você vai pensar – que eu sou um idiota –, mas agora eu já não me importo. Você precisa saber que o relato que você vai ler, junto com seja lá o que eu venha a escrever, penso, uma semana depois de ler esta carta, afetou profundamente (estou certo disso) a vida de dois dos meus melhores amigos. Olga e Duó nunca mais foram os mesmos depois de ouvir as fitas.

Eduardo Duó até que soube se recuperar do impacto infausto da voz sinuosa. Apesar de ter abandonado a profissão de escritor de cinema, por conta das terríveis enxaquecas que passou a ter depois de ouvir as fitas com o relato, Duó conseguiu dar a volta por cima. Hoje é um respeitado *chef*, professor e pesquisador da gastronomia brasileira. Depois que passou a cozinhar, nunca mais sofreu de enxaqueca. Todavia, ele sempre se recusou a conversar sobre o relato. Eu não resistia a trazer à tona o assunto quando eu passava fins de semana em sua pousada Barulho D'Água, em Ilhabela. Em todas as ocasiões, ele evitou a conversa.

Já Olga Haagam não teve a mesma sorte que meu amigo Duó. Acredite, eu sei que ela não teve, e eu sou o único que sabe. Nem a mãe dela sabia o que foi feito dela. Depois de ouvir as mesmas fitas – que eu vou começar a ouvir novamente assim que acabar de escrever esta carta –, enquanto passava férias no Brasil, Olga decidiu abandonar sua tese de doutorado sobre o escritor francês Raymond Roussell, na Sorbonne, e viajou para os Estados Unidos, sem avisar ninguém. A última notícia que a mãe teve sobre o paradeiro dela foi um telefonema em que Olga, desesperada, pedia ajuda à senhora Haagam, alegando ter engolido muita água salgada. A ligação tinha sido feita a cobrar da cidade de Georgetown. Quando, depois de uma semana, a mãe de Olga conseguiu localizar o apartamento de onde tinha sido feito o telefonema, encontrou apenas as roupas da filha, seus livros, um envelope pardo grande com o meu nome e uma frase enigmática grafitada na parede do quarto: "CFD é música".

Nunca tive coragem de dizer à senhora Haagam que eu conhecia a sigla CFD, apesar de não ter a menor ideia do significado da frase grafitada. Não consegui contar que a sigla CFD é a abreviação de um nome que está diretamente relacionado ao relato gravado nas fitas que agora estão diante de mim, sobre minha apertada mesa, em meu apertado escritório, em minha imunda casa, na comuna de Cavarzere, *dove sono il diavolo.* Carrego há anos a culpa pelo que aconteceu com minha amiga. Tentar publicar o relato que a levou à loucura foi a única maneira que me ocorreu de lhe pedir desculpas. Foi por isso que eu fui até você e lhe pedi que publicasse o relato que eu devo começar a transcrever em breve. Eu não esperava que você fosse me convencer a transformar o relato em um livro meu. O que eu quero dizer com isso é que eu não esperava que você me oferecesse o dinheiro que eu aceitei por impulso. Agora é tarde demais para lamentar, e eu não vou voltar atrás.

Você já deve estar adivinhando as razões que me fazem hesitar em ouvir as fitas para transcrevê-las e começando a pensar que eu sou mesmo um idiota. Mas coloque-se em meu lugar, Pascoal: somente três pessoas ouviram as fitas. Eu, aparentemente, fui o único que não sofreu nenhum tipo de perturbação. Afinal, anos depois escrevi o roteiro do filme *Cidade de Deus* e estabeleci uma carreira como escritor de cinema da qual não posso reclamar muito. Você deve estar pensando que as enxaquecas do Duó e a loucura da Olga não têm nenhuma relação com as fitas. Você acha isso porque você não sabe de um detalhe que eu peço que você não comente com ninguém, pois trata-se de um assunto muito pessoal e que em hipótese alguma deve se tornar de conhecimento público. Na época em que nós três – Olga, Duó e eu, e mais ninguém – ouvimos as fitas, eu estava fortemente medicado por antidepressivos. Foi uma fase difícil. Eu odiava o efeito de apatia que aquelas drogas produziam em mim. No entanto, será que não foi justamente o efeito dos antidepressivos o que me salvou dos efeitos do relato? O que pode acontecer agora, quando eu começar a ouvir as fitas sem estar sob o efeito de nenhuma substância que altere o equilíbrio químico do meu cérebro?

Aconteça o que acontecer, Pascoal, por favor, não se sinta responsável. Eu só lhe contei isso agora para que você entenda e perdoe o meu atraso. Eu aceitei o adiantamento – e, portanto, a responsabilidade – conhecendo os riscos. Você não sabia de nada disso. E não sabe muitas outras coisas acerca do relato que eu vou transcrever. Eu nunca lhe contei os detalhes que eu preciso lhe contar agora para que você entenda o que eu pretendo escrever.

Minha péssima memória para datas dificulta a localização no tempo, mas acredito que tudo tenha começado entre 1985 e 1987, pois foi mais ou menos nessa época que escrevi o roteiro do média-metragem *Carlota*, em parceria com minha amiga Maria Bacellar. O filme despertou certo interesse na pequena comunidade de cineastas paulistas, e nós fomos procurados por um diretor – de cujo nome prefiro não me lembrar – para escrever um longa-metragem.

Obviamente, como costumava acontecer naquela época, não havia dinheiro para pagar os escritores. Considerava-se – como de certa forma muitos consideram ainda hoje – um privilégio ter a oportunidade de trabalhar sem pagamento e sem reconhecimento no projeto de um grande filme (e todos os diretores sempre têm grandes filmes na cabeça). Maria, mais velha e mais sábia, percebeu logo a "roubada" em que podíamos nos meter. Eu, não.

Fui sozinho fazer a pesquisa para o ambicioso projeto do "genial" diretor. Meu destino era uma instituição psiquiátrica no interior de São Paulo, onde, segundo o "gênio", estavam internados ex-agentes da ditadura, responsáveis pelo sequestro e pela tortura de alguns dos mais conhecidos militantes e guerrilheiros da esquerda que afrontaram o regime militar nas décadas de 1960 e 1970. Não me peça para revelar o nome e a localização da instituição. Eu não me lembro do nome do lugar nem do nome da cidade onde a instituição ficava. Eu não quero, eu não posso me lembrar.

Na minha primeira visita à instituição, não prestei muita atenção ao paciente que se autodenominava CFD. Era um domingo de sol. Fiz uma segunda visita na terça, e ele ainda não tinha falado nada na minha frente. Apenas na terceira visita, que fiz na quinta, CFD passou a "refalar" (como ele mesmo se referia à sua peculiar forma de narrar) a história contada no relato que em pouco tempo, penso, começarei a transcrever.

A logorreia de CFD cessava ocasionalmente, sendo substituída por momentos de silenciosa observação.

CFD, como ele mesmo se apresentou (nunca soube seu verdadeiro nome), pouco falou de si mesmo. O personagem do seu relato era um outro paciente que aparentemente não falava e que, segundo meu narrador, chamava-se Perácio. Nunca pude confirmar se aquele homenzinho que passava o dia medindo coisas tinha mesmo um nome tão incomum e até que ponto os acontecimentos que CFD me contou sobre ele eram fatos ou uma combinação de fatos e delírios. Recordo-me vagamente de que em alguns momentos suspeitei ser CFD o verdadeiro Perácio, projetando em outro doente sua própria história (fosse ela real ou imaginária ou, ainda, possivelmente, um pouco das duas coisas). Essa impressão se dissipava, porém, quando meu narrador admitia desconhecer certos detalhes da vida do Perácio e fazia um esforço lógico para inferir conexões e preencher as lacunas da história.

Mas tudo isso são memórias imprecisas, Pascoal. Já faz uns dez anos que ouvi as fitas pela última vez (quer dizer, terei que ouvi-las brevemente uma vez mais, e, desta vez sim, pela última vez). Daí ser difícil exemplificar agora o que eu quero dizer. Tenho apenas uma sensação nebulosa de que, ao longo da entrevista, parecia haver curiosas coincidências entre partes da narrativa que eu ouvia e gravava e os acontecimentos à minha volta, que eu registrava em meu caderno de anotações.

Eu não me lembro mais dos detalhes da história, talvez por conta dos efeitos da medicação. Você deve levar em conta, ainda, que entre a gravação do relato e o momento em que eu voltei a escutá-lo, com Duó e Olga, há um intervalo de cerca de dez anos. E além disso não se pode esquecer que eu gravei a entrevista em meu estado normal de consciência, e quando voltei a ouvi-lo uns dez anos depois, meu cérebro estava alterado pelo efeito dos malditos remédios.

Minhas lembranças são, portanto, imperfeitas neste momento. Tenho, porém, quase certeza de que havia sim algo de paranoia política na fala do meu narrador. Algo relacionado não diretamente ao aparelho repressivo do governo militar (como pensava o "gênio" diretor de cinema), mas a operações clandestinas da KGB ou da CIA no Brasil da época da ditadura.

É curioso que essa vaga lembrança produza em mim agora uma perturbadora inquietação. Mais precisamente, uma sensação de medo e de vulnerabilidade. A mesma sensação que senti ainda ontem quando, ao tentar caminhar despercebido por uma praça da cidade, vi uma mulher de aparência eslava abordando pessoas e fazendo perguntas. Ela está me procurando, pensei, não sei por quê. E se ela está me procurando é porque quer algo de mim. E se ela quer algo de mim, só podem ser as fitas do relato que estão em minha casa esperando para serem ouvidas pela última vez, pensei, e fugi. Parece absurdo, eu sei. Mas eu fugi desesperado até o local onde havia estacionado a minha lambreta, e parti a toda a velocidade em direção à minha casa. E foi só por conta disso, Pascoal, que eu finalmente consegui me convencer de que eu não poderia mais atrasar o meu trabalho. De alguma maneira, tornou-se urgente e inadiável para mim transcrever o relato, escrever seja lá o que eu consiga escrever, enviar o texto para você o mais rapidamente possível e então voltar ao Brasil e à minha vida normal, espero.

Mas eu estava lhe contando sobre as origens do relato antes de fazer tantas digressões. Parece-me desnecessário dizer que o "gênio" que iria revolucionar o cinema brasileiro desistiu de fazer o filme antes mesmo de eu escrever o roteiro. E eu, em mais uma de minhas inúmeras decisões equivocadas, fiz a besteira de tirar da gaveta, mais de dez anos depois, as fitas com a gravação do relato para escutá-las com Duó. Naquela época, trabalhávamos juntos em programas educativos da série Telecurso 2000 e nos empolgávamos com a ideia de escrever um roteiro de longa-metragem, inspirados pela retomada do cinema brasileiro.

Eu pedi à minha amiga Olga (que estava de passagem por São Paulo para visitar a mãe) que ouvisse as fitas comigo sob o falso pretexto de saber se ela considerava ser o relato material para uma boa história. Na verdade, a razão do meu pedido era outra, mas não acredito que seja o caso revelá-la a você. Eu simplesmente menti quando pedi a Olga que ela ouvisse as fitas e opinasse sobre a possibilidade de usar o relato como argumento para um roteiro de cinema. Não seria o mesmo filme que o tal do diretor "genial" queria fazer, disse a ela. Ao contrário do que ele acreditava, contei a Olga, eu não tinha encontrado nenhum indício de que os pacientes daquela instituição pudessem ser ex-agentes da repressão, ainda que, sem dúvida, havia algo de incomum naquele lugar limpo, confortável, quase sempre tranquilo e com quase tantos enfermeiros e funcionários quanto pacientes.

O relato gravado nas fitas apontava para um outro tipo de filme, pensei naquela época, conversando com Olga. Eu queria escrever as imagens dos pesadelos do Perácio, tal qual me foram narrados por CFD, sem nenhuma conotação política, sem nenhuma pretensão de explicar o Brasil. Era para ser apenas um filme estranho e, possivelmente, perturbador.

Obviamente, o projeto frustrou-se com os acontecimentos que eu narrei há pouco. Duó não podia escrever mais. Olga passou a falar constantemente sobre os pesadelos de Perácio. Chego a pensar, às vezes, que a própria voz dela ganhou uma incômoda sinuosidade, mas não tenho certeza se essa impressão vem da realidade ou se brotou das minhas constantes rememorações daquele período tão triste.

Quando Olga me contou que não voltaria nunca mais à Sorbonne e que não queria mais saber de Roussell, quando ela me disse que iria dedicar todo o seu tempo e toda a sua energia ao Perácio, eu lhe perguntei se ela queria escrever o roteiro do filme comigo. Olga gargalhou. Eu não pude ou não quis notar a ponta de insanidade que aquela gargalhada, que ainda ecoa em meus ouvidos, insinuava. Olga então me deu um tapa na cara e me disse que eu não tinha entendido nada. Diante do meu espanto perante a agressão, Olga começou a chorar. Ela me abraçou, pediu desculpas e disse que explicaria o Perácio, explicaria o relato, me explicaria tudo. Ela só precisava de um tempo. Levou as fitas com ela e me deixou sem notícias.

A senhora Haagam, mãe de Olga, pediu que eu fosse visitá-la logo depois que regressou de Georgetown. Ela perguntou o que eu sabia sobre a água salgada e sobre o grafite com as iniciais CFD. Eu não sabia nada sobre a água, eu disse. Era verdade. E eu não disse mais nada. E ela não perguntou mais nada sobre a filha. E nós ficamos nos olhando por algum tempo com a mesma tristeza. Então ela me perguntou se eu tinha certeza de que eu não era judeu. Até onde eu sei, eu não sou, eu disse. A mãe de Olga suspirou resignada e me entregou o envelope pardo com o meu nome. Até hoje tento decifrar o que lamentava aquele suspiro. Seria a loucura da filha perdida ou o fato de eu não me importar com a chegada do messias e de não ter honrado o pacto de Abraão? Tive medo de perguntar. Permaneci calado.

Dentro do envelope estavam as fitas com o relato de CFD, as mesmas fitas que eu vou ouvir uma vez mais, em breve. Assim que eu terminar esta carta, Pascoal, que está próxima do fim, eu vou ouvir as fitas. Não só porque eu preciso cumprir minha palavra e lhe entregar o texto, mas também porque eu devo isso a Olga. E, talvez, mais.

Eu preciso porque, agora eu entendo, eu posso ter duvidado de quase tudo o que CFD me contou, mas eu acreditava na verdade dos pesadelos que atormentavam o pobre Perácio (ou o próprio CFD) e na consequência trágica que eles produziram na vida dele e na vida de Olga. A lembrança do suspiro da senhora Haagam me faz ver isso agora. Qualquer pessoa que sofra por conta de pesadelos constantes e recorrentes sabe do que eu estou falando. E talvez por isso mesmo meu esforço em publicar o relato de CFD acabe indo além do pedido de desculpas a Olga Haagam e à memória de sua mãe. É possível que existam por aí leitores – ainda que poucos – para quem o relato de CFD signifique algo mais do que a simples verbosidade de um psicótico.

Eu já disse um pouco antes que eu senti um incômodo muito grande quando vi a mulher eslava, vestida com roupas caras e urbanas (estrangeira, pensei), fazer perguntas para as pessoas na praça de Cavarzere. Essa imagem me perturba. Ela me faz pensar se há algo no relato que Olga entendeu mas que a mim passou despercebido. E se é possível que exista alguma relação entre o que quer que seja que o relato esconde e a presença eslava nas proximidades da minha casa. E se a KGB teve realmente algo a ver com a história de Perácio contada por CFD? Eu sei, eu sei que a KGB já não existe. Mas quantos ex-agentes da KGB não são agora membros da *Maffya* russa? Se há segredos ocultos no relato de CFD, eu não sei que segredos são esses. Quando tento me tranquilizar pensando que todas essas preocupações são absurdas, eu penso em seguida, imbuído de autoceticismo: e se eu estiver enganado? Evito pensar no que pode acontecer comigo se eu estiver enganado. E como eu sempre penso que posso estar enganado, como sempre evito fixar-me em certezas, devo considerar a possibilidade de que a mulher eslava está atrás das fitas que estão comigo.

Por isso eu devo me apressar em terminar esta carta e começar logo o trabalho, Pascoal. Eu não posso faltar com a minha palavra. Você quer o livro. Eu preciso entregá-lo. Porque mesmo que eu não esteja enganado, mesmo que tudo não passe da fantasia de um louco, como às vezes eu acredito, a publicação do relato é para mim uma obrigação moral.

Mas eu pretendia lhe dizer como penso em fazer com que o livro, que você talvez publique, seja de alguma forma um livro meu, e acabei me deixando levar por considerações que certamente não lhe interessam. Vamos falar sobre o livro, então.

Você já entendeu que eu não pude seguir sua sugestão de usar o relato apenas como material para um texto de ficção escrito por mim. Lamento, mas esse nunca foi o meu projeto, e para mim não há sentido em eu me apropriar da fala de CFD para torná-la minha. Ele falou. Eu devo apenas transcrever. E você pode publicar o relato se gostar da minha ideia para fazer com que o livro, ao final, seja de alguma forma de minha autoria. Eis então o que eu pretendo fazer:

Além das fitas do relato, eu tenho o caderno de anotações que eu usei durante a gravação do relato. O caderno está aqui, diante de mim, sobre a mesa, sob o fone de ouvido, ainda fechado. Faz mais de 20 anos que eu não abro esse caderno. Mesmo assim, ainda me lembro de ter feito muitas anotações ao longo das muitas horas que passei escutando o relato. Eu não anotei o que eu ouvi, eu anotei o que eu vi. Enquanto CFD falava, eu ainda me lembro, eu só via o rosto dele e a boca dele mexer. Eu não via mais nada, hipnotizado pela fala sinuosa do meu narrador. Porém, quando ele fazia pausas – e ele fez muitas pausas para olhar para o Perácio e para o que estava acontecendo à nossa volta –, quando ele fazia pausas, eu anotava como eu podia o que eu via o Perácio fazer, o que eu via acontecer no pátio onde estavam os doentes do manicômio.

Serão essas anotações a matéria-prima da minha modesta contribuição ao livro que você quer que seja, de alguma forma, minimamente meu. É o máximo que eu posso fazer. Tudo o que eu posso fazer é intercalar o relato das minhas observações ao relato do meu narrador, um capítulo meu para cada capítulo dele. Pretendo fazer isso com a maior objetividade possível, de maneira que as minhas intervenções não prejudiquem a fala do meu narrador e estejam de acordo com o que se espera de um livro da categoria não ficção.

Daqui a pouco, vou começar a transcrever as fitas e a relatar as minhas lembranças do dia em que CFD me contou a história do Perácio. Em uma semana, acredito, depois que você ler esta carta, penso, você poderá ler o resultado. Amanhã mesmo, quando for a Veneza para almoçar, estou seguro, enviarei esta carta pelo correio. Pretendo trabalhar dia e noite, de maneira que é quase certo que quando você estiver lendo esta carta, o pacote com o texto já estará a caminho do seu escritório de São Paulo, sem mais atrasos. Considere a história da mulher eslava apenas a incontinente expressão de uma imaginação doentia. Estou mais animado depois do desabafo. Agora sei que vou escrever.

Um forte abraço.

Bráulio Mantoan, *il diavolo*

Cavarzere, 11 de setembro de 2010

[1.]

Aquela era a minha terceira visita à instituição para doentes mentais onde eu deveria entrevistar supostos agentes do governo militar que haviam enlouquecido. O manicômio-modelo ficava em uma pequena cidade do interior do estado de São Paulo, a incontáveis quilômetros da capital. Seguindo as instruções do meu "cliente", não revelei ao diretor da instituição o verdadeiro propósito da minha visita, nem fiz nenhuma pergunta que pudesse sugerir qualquer interesse sobre o passado dos poucos pacientes ali internados. Para todos os efeitos, eu era apenas um estudante de psiquiatria fazendo uma pesquisa para o meu curso na Escola Paulista de Medicina. Apesar do meu total despreparo para sustentar tão pífia farsa, fui recebido com muita deferência e autorizado a entrevistar os pacientes com os quais eu conseguisse conversar. Eu sabia que os internos não gostavam muito de falar com estranhos, mas eu estava disposto a tentar.

Depois de uma rápida conversa com o assistente do diretor, em que ele me esclareceu as regras de comportamento que todos os visitantes deveriam respeitar, fui conduzido ao pátio por um dos muitos enfermeiros que trabalhavam ali. Ele fez questão de me tranquilizar, garantindo que todos os pacientes que tomavam sol estavam medicados.

Era-me permitido conversar com quem eu quisesse. Eu estava proibido, entretanto, de forçar qualquer situação. Se o paciente escolhido por mim se recusasse a falar, eu não poderia insistir. Se algum paciente subitamente demonstrasse qualquer tipo de inquietação no meio da conversa, eu deveria me afastar. Caso eu não me afastasse por vontade própria, advertiu-me o enfermeiro, eu seria removido à força.

Eu disse ao enfermeiro que o diretor e o assistente do diretor tinham sido muito claros em relação às regras. Eu as conhecia e iria respeitá-las. O enfermeiro sorriu com ironia dissimulada, desejou-me boa sorte e se afastou. Juntou-se a outros três enfermeiros que, encostados em uma parede, observavam os pacientes a distância.

Não havia o menor sinal de inquietude nos gestos e nos rostos dos cerca de 20 doentes mentais espalhados pelo pátio ensolarado, arborizado e com a grama perfeitamente aparada. Até que surgiu um sujeito baixinho que caminhava apressado, carregando uma pequena valise metálica, aflito como o coelho de *Alice no País das Maravilhas*.

Fiz menção de me aproximar dele. Antes que desse o primeiro passo, entretanto, senti um dedo cutucar leve e seguidamente as minhas costas, quase na altura dos quadris. Imaginei uma criança atrás de mim, pedindo minha atenção. Mas não havia crianças ali. Quem me cutucava era um homem de uns 50 anos, de vasta cabeleira grisalha, sentado em uma cadeira de rodas. Ele sorriu para mim com uma ternura que inspirava confiança. Foi então que eu ouvi, pela primeira vez, aquela voz sinuosa. – O Perácio não fala mais – ele disse. Imediatamente, eu liguei o gravador que carregava na mão direita, no exato momento em que CFD apontou para o "coelho de Alice" e repetiu:

[2.]

– O Perácio não fala mais. Não adianta você chamar. Ele não olha. Ele não responde. O Perácio não fala mais. Ele escuta o nome dele mas ele não olha para quem diz o nome dele. Não é porque ele não quer olhar. É porque ele não sabe mais o nome que ele tem ou porque ele não sabe que ele tem um nome. Qual dessas duas coisas faz ele não olhar eu não sei qual é. Eu sei que ele não olha. Eu tentei. Eu chamei. Eu chamei mais de uma vez. Eu sei que ele escuta porque ele olha quando toca o telefone. Só assim ele olha. Mas se você chama o nome dele ele não olha. Eu sei quase tudo sobre o Perácio mas eu não sei se ele não olha porque ele não sabe mais o nome que ele tem ou porque ele nem sabe que tem um nome. Se para você é importante saber isso eu não posso ajudar. Eu só posso ajudar se isso não for importante para você. Eu também não posso dizer o meu nome e você não precisa saber. Você pode me chamar de CFD. Pode me chamar assim. Eu gosto assim. Na minha casa ela censurava: o cara se faz de doido. Na família eles falavam: o caçula fica deprimido. No departamento eles diziam: o camarada ficou demente. Cidadão: foi difícil. Começaram a falar isso depois que eu comecei a tentar ajudar o Perácio. Você quer ajudar o Perácio? Eu sei que você quer. Seus olhos estão me dizendo que você quer. Você não precisa falar. Você só precisa escutar. Eu só preciso falar. Eu sei quase tudo sobre o Perácio porque eu falei muito com ele quando ele falava. Agora o Perácio não fala mais. Agora eu não ando mais. Mas eu posso falar. E eu vou falar tudo o que eu sei se o que você quer é ajudar o Perácio. Eu posso falar. Eu já disse isso. Eu sei. Eu gosto de refalar. Eu refalo quando eu quero ter certeza que entendem o que eu falo. Eu sei tudo sobre o Perácio. Ele não pode falar. Mas eu posso falar por ele. Eu não posso andar mais mas falar eu posso.

[3.]

Fiquei um instante imobilizado, com o gravador na mão, parado diante do homem de cabeleira grisalha e cadeira de rodas, sem saber se o que havia chamado minha atenção era a possibilidade de entender por que o outro paciente não falava ou simplesmente o estranho prazer de ouvir qualquer coisa que aquela voz de timbre peculiar, sinuosa, assertiva, intimativa dissesse para mim.

CFD moveu a cadeira de rodas em direção ao centro do pátio. Em instantes, um outro enfermeiro – não o mesmo que me havia conduzido antes – trouxe uma cadeira de plástico e a colocou à sombra de uma árvore, junto ao local onde CFD havia "estacionado" a cadeira de rodas. Não foi preciso pedir nem explicar nada para o enfermeiro. Ele parecia saber o que precisava ser feito para que a conversa continuasse de maneira agradável.

Ali, bem no centro do pátio, eu me sentei na cadeira de plástico, diante do meu entrevistado de voz sinuosa, e coloquei o meu gravador no colo dele com uma naturalidade que me surpreendeu. Não perguntei se ele se incomodaria, não pedi licença. Apenas coloquei o gravador no único lugar em que parecia lógico colocá-lo. Eu poderia ter segurado o gravador na mão, evidentemente. Mas por algum motivo essa possibilidade não me ocorreu quando coloquei no colo de CFD o meu gravador. Talvez não fosse exatamente o meu gravador. Eu me lembro do gravador, mas não me lembro de tê-lo comprado. É possível que alguém tenha me emprestado o gravador para fazer a entrevista. É lógico supor que alguém tenha me emprestado o gravador, uma vez que eu não tinha (nem tenho) o hábito de gravar entrevistas. Na verdade, não tenho o hábito de entrevistar pessoas para nada, portanto é óbvio que aquele era um gravador emprestado por alguém.

[LEMBRETE: tentar lembrar quem me emprestou o gravador ou cortar do texto essa informação toda. Faz alguma diferença especificar a propriedade do gravador ou especular sobre sua origem?]

Os olhos de CDF eram verdes ou castanhos, dependendo do ângulo de que se olhava ou talvez da incidência de luz. Como todos os outros pacientes, vestia camiseta, calça e sapatos brancos. Tinha a barba perfeitamente aparada e irradiava dignidade.

À nossa volta, os muros altos do pátio funcionavam como uma barreira para o vento. Apenas os galhos mais altos da árvore a cuja sombra nos acomodamos balançavam levemente. Era um dia ensolarado. Entretanto, talvez por estarmos à sombra, não fazia calor.

CFD olhava com certa ansiedade para o gravador – que alguém certamente me havia emprestado –, aparentemente alheio à minha presença. Eu havia interrompido a gravação enquanto o enfermeiro providenciava a cadeira para que minha entrevista pudesse começar, e já não me dava conta do fato. Eu simplesmente esperava que CFD começasse a falar. Não sabia o que lhe perguntar. Ele, porém, permanecia calado.

A expressão do rosto de CFD permaneceu indecifrável por segundos que tiveram para mim o efeito de horas. Eu esperava exasperado que ele falasse, e ele parecia esperar exasperado que eu fizesse alguma pergunta. Ou pelo menos devo ter pensado que ele esperava ouvir uma pergunta, sentindo-me um imbecil por não saber o que perguntar. Até que ele ergueu o rosto e olhou para mim com um esboço de sorriso que sugeria escárnio. Eu me mantive impávido. CFD então fez um gesto com o indicador da mão esquerda virado para baixo. Parecia desenhar um círculo no ar.

Olhei intrigado para o paciente, deixando claro que não sabia decodificar sua mímica. Ele se virou então, repetindo o mesmo gesto para o enfermeiro que havia trazido a cadeira e estava ali por perto, atento à cena.

O enfermeiro se aproximou e me pediu que eu ligasse o gravador. Imediata e disfarçadamente, como um ator de teatro que se esquece de dar a deixa e se vê obrigado a improvisar para consertar o embaraço, levantei-me da cadeira, peguei o gravador, abri o compartimento das pilhas, fingi ajustá-las, fechei o compartimento e coloquei o gravador novamente no colo de CFD, tomando agora o cuidado de apertar a tecla REC.

CFD olhou para mim com um ar de grata surpresa, como se eu, de alguma maneira, o tivesse impressionado positivamente. Enquanto eu voltava a me sentar na minha cadeira, CFD ajeitou a vasta cabeleira grisalha e só então recomeçou a me contar sua história.

[4.]

– O Perácio tem 53 caderninhos. Eu contei. Ele não sabe que eu contei. Ninguém sabe que eu contei. Agora você sabe que eu contei porque eu contei para você que o Perácio tem 53 caderninhos. Você pode contar para quem você quiser. Não faz diferença nenhuma. Eu quero dizer que no estado do Perácio não faz nenhuma diferença. Deu certo o que fizeram com ele. Não deu certo comigo. Eles fizeram a mesma coisa comigo e com ele. Não exatamente a mesma coisa mas exatamente o mesmo tipo de coisa. Coisas que fazem o Perácio ficar como ele ficou. Deu certo com ele. Eles acharam que deu certo comigo porque eu quis que eles achassem que deu certo. Nunca ia dar certo comigo. Eu sabia que não ia dar. Eles não sabiam. Se eles soubessem eu não teria vindo parar aqui. Eu teria parado de viver. Então eu fingi que deu certo comigo. Aí eu vim parar aqui logo depois do Perácio porque o Perácio contou tudo para mim logo antes de ele vir parar aqui. Logo antes de ter dado certo o que fizeram com ele. O Perácio aqui nem olha para mim. Ele olhou algumas vezes. E nenhuma vez aqui ele lembrou quem eu sou. Eu sou o melhor amigo dele. Não o melhor amigo dele aqui mas o melhor amigo dele antes de ele vir parar aqui. Por isso ele contou tudo para mim e por isso eu sei por que eles fizeram com ele o que eles fizeram com ele. E quando eu olho para ele eu penso que deu certo o que fizeram com ele. Ou será que não deu? Eu já pensei nisso. Será que o Perácio fingiu para eles? E se ele fingiu para eles e continua fingindo para mim? É para me proteger deles ou é para se proteger de mim? Se é de mim que ele quer se proteger é porque no fim das contas deu certo o que fizeram com ele. Se o Perácio pensa que eu sou capaz de fazer com ele o que eles teriam feito comigo se eles soubessem que não deu certo o que eles fizeram comigo então é porque deu certo com ele. Ele pode pensar que ele está fingindo mas se ele pensa que precisa fingir comigo é porque ele não está fingindo que deu certo com ele. Deu certo mesmo. Os filhos da puta conseguiram fazer com ele o que eles não conseguiram fazer comigo. Eles sabem fazer essas coisas e sabem fazer dar certo. Eles são muito bons nisso. Eles não eram tão bons no começo. Mas isso foi antes de os chineses ensinarem eles a fazer aquelas coisas do jeito certo para elas darem certo. Aí as coisas começaram a funcionar mesmo como funcionou com o Perácio. E aí ele ficou assim. Olha como ele olha para o alto do muro e coça a cabeça. Aí ele olha para baixo. Viu? Olhou. Agora ele se abaixa e coloca a maleta no chão. Agora ele abre a maleta. Agora ele tira tudo de dentro dela. Régua. Paquímetro. Trena. Metro de marceneiro. Outra trena maior. Fita métrica de costureira. Outra trena pequena. E agora os caderninhos. Viu? Tem 53 caderninhos ali. Eu sei porque eu contei. Isso eu já contei. Não contei? Contei: 53 caderninhos. O Perácio estava dormindo quando eu contei os caderninhos dele. Eu fingi que tomei o remédio mas não tomei. Eu andei até o quarto dele e entrei. Eu contei que andei? Eu não podia ter contado mas eu agora contei. Eu também não podia ter contado dos chineses. Agora é tarde. Agora eu já contei. Agora você pode imaginar quem eles são. Pode imaginar por que eu não vou contar quem eles são. E se você imaginar você pode até contar para quem você quiser. Eu contei para você que eu ando mas isso você não pode contar para ninguém. Se você contar eles vão saber que não deu certo o que eles fizeram comigo. Eles acham que deu certo comigo porque eles acham que eu não ando mais. Do mesmo jeito que eles acham que deu certo com o Perácio porque ele não fala mais. Ele não fala mesmo. Mas eu ando sim. Eu andei até o quarto dele numa noite quando ele já estava dormindo e todo mundo estava dormindo e eu contei os caderninhos dele. Ele tem 53 caderninhos que ficam empilhados do lado da cama dele quando ele dorme. O Perácio e o monte de 53 caderninhos dele. Um mais o outro e o resultado deitado é o trabalho que faz o Perácio. 53. O trabalho que o Perácio faz é infinito. Ele vai ficar para sempre fazendo o que ele faz. O Perácio mede o mundo. Olha como ele mede com a trena a altura do muro. Agora ele procura o caderninho certo: o caderninho do muro. O Perácio tem um caderninho para cada coisa que ele mede todos os dias:

1. A altura dele quando ele acorda antes de ele se levantar da cama.
2. A altura dele depois que ele acorda e se levanta da cama.
3. A área do quarto dele quando ele acorda no meio da noite e volta a dormir.
4. A área do quarto dele quando ele acorda de manhã.
5. A distância entre o quarto dele e o banheiro que ele usa quando ele acorda.

6. A distância entre o banheiro que ele usa quando ele acorda e o refeitório.
7. A distância entre o balcão onde ele pega a bandeja e a mesa onde ele senta no refeitório.
8. A distância entre o refeitório e a farmácia onde ele pega o comprimido que ele toma depois do café da manhã.
9. O tamanho do comprimido que ele toma depois do café da manhã.
10. A distância entre a enfermaria onde ele pega o comprimido que ele toma depois do café da manhã e o centro do pátio onde a gente está agora.
11. A altura do muro do pátio antes do meio-dia.
12. O comprimento do muro do pátio antes do meio-dia.
13. A altura do muro do pátio depois do meio-dia.
14. O comprimento do muro do pátio depois do meio-dia.
15. A distância entre o centro do pátio onde a gente está agora e o banheiro que ele usa quando ele está no pátio onde a gente está agora quando ele vai mijar.
16. A distância entre o centro do pátio onde a gente está agora e o banheiro que ele usa quando ele está no pátio onde a gente está agora quando ele vai cagar.
17. O comprimento da calha que sai daquele canto do telhado antes de eles lavarem o telhado.
18. O comprimento da calha que sai daquele canto do telhado depois de eles lavarem o telhado que eles lavam todos os dias.
19. A altura dessa árvore aqui antes de eu vir para a sombra.
20. A altura dessa árvore aqui depois que eu venho para a sombra.

21. A circunferência aproximada da base do tronco dessa árvore aqui antes de eu vir para a sombra. Ele não se preocupa com o tronco depois que eu venho para a sombra.
22. O diâmetro da roda esquerda da minha cadeira de rodas.
23. O diâmetro da roda direita da minha cadeira de rodas.
24. A distância entre o centro do pátio e aquele tanque de areia ali onde o senhor Zoyoz Dubois enterra os animais que ele encontra mortos e os que ele mata.
25. A área do tanque de areia onde o senhor Zoyoz Dubois enterra os animais que ele encontra mortos e os que ele mata antes de ele enterrar os animais que ele encontra mortos e que ele mata.
26. A área do tanque de areia depois que o senhor Zoyoz Dubois enterra os bichos. Ele faz os enterros de manhã bem cedo. Antes do almoço ele enterra sempre uma aranha e coloca uma cruz na cova dela. Aquele senhor ali que tem o cabelo muito comprido e a pele que parece pele de índio é que é o senhor Zoyoz Dubois que eu tenho quase certeza que é o mesmo homem chamado Abscorpz que o Perácio encontrou naquela cidade aonde ele foi depois da última vez que eu me encontrei com ele e onde começaram a acontecer as coisas que fizeram eles fazerem com o Perácio o que eles fizeram com ele. Fizeram com ele e fizeram comigo. Aquelas coisas que fizeram o Perácio parar de falar e vir parar aqui. Exatamente o mesmo tipo de coisas que eles fizeram comigo e que não deram certo comigo. Deu certo com o Perácio. E foi lá que tudo começou. Lá na cidade onde o Perácio viu pela primeira

vez o homem de nome Abscorpz que eu tenho certeza que é o senhor de cabelo comprido e com pele que parece pele de índio que enterra os bichos mortos no tanque de areia e que aqui se chama senhor Zoyoz Dubois. Ele é o Abscorpz. Ele veio da mesma cidade aonde o Perácio foi. A cidade que foi o pior pesadelo do Perácio.

O paciente a quem CFD se referia pelo nome Perácio caminhou resoluto em nossa direção. Enquanto Perácio se aproximava, CFD olhava fixamente para ele, sorrindo. Perácio, se é que era esse o nome daquele paciente, não retribuiu nem o olhar nem o sorriso. Ele simplesmente se abaixou junto à roda esquerda da cadeira de rodas de CFD e repetiu o ritual dos instrumentos de medida e dos caderninhos realizado antes diante do muro e há pouco, quando havia medido o tronco da árvore sob cuja sombra estávamos meu narrador e eu. Usando a trena menor, Perácio mediu primeiro o diâmetro da roda esquerda da cadeira de rodas, anotou a medida em um de seus 53 caderninhos, e reproduziu o mesmo procedimento para a roda direita. Tentei espiar o que ele escrevia, mas ele tomava o máximo cuidado para manter a página quase colada ao rosto, de maneira que ninguém pudesse entrever o que ele anotava. Percebi entretanto que mais da metade das páginas do pequeno caderno já estavam cheias.

Perácio folheou o caderno, aparentemente comparando anotações de diferentes páginas. Levou a mão ao rosto, com uma expressão de desespero. Guardou os cadernos e os instrumentos de medida na maleta metálica. Em seguida, correu ligeiro em direção ao tanque de areia, onde permaneceu de pé, observando atentamente o senhor Zoyoz Dubois colocar em uma caixa de fósforos uma abelha morta. CFD finalmente voltou o olhar para mim e retomou o relato com a mesma voz de antes.

[6.]

– O Perácio sempre sofreu com os pesadelos. Desde que ele era criança o Perácio sempre sofreu com os pesadelos que ele tinha. Eu sei porque ele me contou que sofria com os pesadelos e me contou os pesadelos que faziam ele sofrer. E o problema do Perácio de ter muito pesadelo é o problema de qualquer pessoa que tem muito pesadelo. Foi o que me explicou uma vez o doutor Ernesto Cuorezzuomo quando eu contei para ele que eu tinha um amigo que tinha muito pesadelo e que por isso estava muito mal sem contar para ele que o amigo de quem eu estava falando era o mesmo Perácio que estava ali do lado dele. O doutor Cuorezzuomo é o médico do Perácio e é o meu médico também e de todo mundo que você está vendo aqui em volta. Ele não sabe que o Perácio tem muito pesadelo. Mas ele é o tipo de médico que cuida do tipo de doente que tem aqui e qualquer médico que cuida do tipo de doente que tem aqui sabe muito bem que quando o tipo de doente que tem muito pesadelo se lembra de alguma coisa esse tipo de doente não sabe muito bem se a coisa de que ele se lembra é uma coisa que aconteceu mesmo ou se é uma coisa que vem de um pesadelo. Esse tipo de coisa existe. O doente se lembra de uma coisa e pensa que a coisa aconteceu mesmo mas a coisa só aconteceu mesmo em um pesadelo que ele teve. E se esse tipo de doente não estiver muito doente ele pode entender isso. Era esse o caso do Perácio antes de ele vir parar aqui e antes de fazerem com ele as coisas que eles fizeram. Antes ele não era o tipo de doente que ele é aqui. Antes de ele ter ficado assim depois de terem feito as coisas que eles fizeram com ele o Perácio era só um cara que tinha muito pesadelo e que por isso mesmo às vezes ele não sabia muito bem se algumas coisas de que ele se lembrava eram coisas que tinham acontecido mesmo ou se eram coisas de pesadelo. O Perácio sabia disso. O Perácio me perguntou mais de uma vez se eu estava com ele em um lugar assim-assim e se nesse lugar aconteceu uma coisa tal-e-tal. Às vezes eu estava sim e tal coisa era tal e qual. Outras vezes o lugar e a coisa não eram bem assim tal e qual o Perácio pensava que fossem. O Perácio perguntava porque ele sabia que às vezes ele não sabia se ele estava se lembrando de uma tristeza da vida ou de um tormento de um pesadelo. Era assim que era com o Perácio e ele estava acostumado com isso e eu estava acostumado com aquilo porque eu e o Perácio éramos mesmo os melhores amigos. Por isso eu sei dos pesadelos que ele tinha desde quando ele tinha poucos anos de vida e que o pior tipo de pesadelo para o Perácio é o que começa no quarto onde se dorme. Era assim que pensava o Perácio sobre os sonhos que ele tinha. O Perácio tinha tantos pesadelos que ele tinha que pensar sobre o que ele sonhava. Ele se lembrava tão bem de tantos pesadelos que ele pensava sobre todos eles. Inclusive sobre os pesadelos que ele tinha na infância. Eram os sonhos de criança que faziam o Perácio pensar que o pior tipo de pesadelo é o que começa no quarto onde se dorme como aconteceu no pesadelo do caminhão de bombeiro. O Perácio está na cama no escuro do quarto com os olhos bem abertos. O Perácio está mesmo na cama no escuro mas os olhos dele estão bem fechados. Os olhos do Perácio só estão bem abertos no sonho que começa com ele na cama no escuro do quarto escutando barulhos que entram pelos espaços da veneziana. Os vidros da janela do quarto estavam fechados quando a mãe dele colocou ele para dormir mas agora eles estão abertos e é por isso que os barulhos entram pelos espaços da veneziana. O Perácio ainda é pequeno demais para pensar no sonho que se os vidros estavam fechados quando ele se deitou e agora eles estão abertos como os olhos dele é porque ele está na verdade de olhos fechados e os vidros também estão fechados e que os barulhos que ele escuta só podem ser barulhos do sonho. Mas o que o pequeno Perácio pensa no sonho é o contrário disso. O que o Perácio pequeno pensa no sonho é que a mãe dele deve ter aberto os vidros da janela depois que ele fechou os olhos e dormiu. Ela deve ter aberto porque estava fazendo calor. O Perácio pensa isso porque quando ele foi se deitar fazia mesmo um pouco de calor. Então faz sentido para ele pensar que ele está mesmo de olhos bem abertos no escuro do quarto escutando os barulhos que vêm de fora e sentindo frio. Os vidros das janelas estão abertos. E os barulhos que entram são assustadores porque não são barulhos que parecem os barulhos que fazem os monstros. São barulhos que fazem as pessoas e as coisas do mundo. É por isso que eles assustam. Eles assustam porque eles são barulhos feitos por alguém que está no quintal da casa. Então o Perácio pensa no caminhão de bombeiro que ele ganhou no Natal e que ficou no quintal do lado de fora da casa no sereno.

E quanto mais ele pensa no sereno mais aumenta o desespero de ter deixado no quintal o caminhão de bombeiro que era o presente de Natal que ele tanto queria e que não podia ter ficado para fora. Não podia porque podia estragar o presente que o pai dele disse ter custado muito caro para o Papai Noel. O Papai Noel não vai gostar de saber que o sereno estragou o presente que custou tão caro e nunca mais vai trazer presentes para o pequeno Perácio no Natal. Nunca mais. Nunca mais. O Perácio escuta na cabeça dele nunca-mais-nunca-mais-nunca-nunca-nunca-mais. E o Perácio escuta o barulho das rodas de plástico do caminhão de bombeiro de brinquedo dele rodando no chão de cimento do quintal como se elas estivessem dizendo para ele o mesmo nunca-nunca-nunca-mais que ele escuta na cabeça dele. O Perácio agora tem certeza de que tem alguém no quintal da casa dele roubando o caminhão de bombeiro de brinquedo dele. O Perácio acha que tem que se levantar sem fazer barulho e avisar o pai dele. Mas ele não tem coragem de fazer isso porque ele tem medo do pai dele. Ele tem medo do pai dele descobrir que o caminhão de bombeiro de brinquedo que foi o presente mais caro que ele ganhou do Papai Noel ficou esquecido do lado de fora no quintal. Se o pai do Perácio descobrir isso ele vai ficar furioso com o Perácio e o Perácio vai entender que toda aquela fúria vai significar que quem gastou o dinheiro para comprar o presente de Natal foi o pai dele e isso vai significar que quem sempre compra os presentes de Natal para ele é o pai dele e isso vai significar que Papai Noel não existe e nisso o Perácio não quer acreditar. Por isso é melhor o pequeno Perácio não acordar o pai dele e tentar resolver o problema sozinho.

E se ele resolver o problema sozinho o pai do Perácio vai sentir muito orgulho dele. Então o Perácio pequeno se levanta. O Perácio se levanta e sente um enjoo muito forte. O Perácio pensa que vai vomitar. O pequeno Perácio pensa que vai vomitar porque quando o Perácio era pequeno ele vomitava mesmo muito.

CFD parou de falar no exato momento em que um dos pacientes – um jovem franzino, de cabelo escuro e arrepiado, passou cambaleante exatamente entre mim e meu entrevistado. CFD o seguiu com os olhos e eu o imitei.

O jovem franzino acelerou o passo em um trajetória que só poderia conduzir a um dos muros do pátio. Três enfermeiros o seguiam mais ou menos de perto, mantendo uma distância segura. Um deles carregava nas mãos um balde cheio de água.

CFD desviou o olhar para o lado oposto àquele para onde caminhava o rapaz, em um gesto que denotava uma certeza: a certeza de que ele veria algo que ele esperava ver. Mais uma vez imitei os gestos do meu entrevistado e constatei que ele olhava para o aflito Perácio, que, seguindo os passos do jovem franzino cambaleante, passou apressado entre nós, rumo ao mesmo muro do pátio onde, nesse momento, já estava o mesmo jovem franzino, observado de perto pelos três enfermeiros, um deles segurando o balde cheio de água.

Perácio parou a poucos metros do rapaz, observando a cena com uma ansiedade doentia. Percebi que todos em volta do rapaz pareciam estar esperando algo acontecer. Em um instante me dei conta de que todos no pátio, enfermeiros, pacientes e o próprio CFD, estavam na mesma expectativa, olhando para o rapaz, enquanto ele encostava um braço contra o muro e apoiava a cabeça, abaixada, no mesmo braço, com o corpo levemente inclinado. Por um momento, o mundo parecia ter parado para assistir a um acontecimento extraordinário. Ao ver todos vestidos de branco, olhando para o rapaz franzino de cabelo arrepiado, eu mal podia distinguir pacientes de enfermeiros. Indiferentes à minha presença, hirtos em suas posições – exceto Perácio, que estremecia, apreensivo, em sua aflitiva espera –, doentes e assistentes mantinham os olhos fixos no jovem de cabeça apoiada no muro.

Foi então que eu ouvi o repugnante grunhido do jovem em uma tentativa frustrada de vomitar. Se eu estivesse olhando para ele, teria virado o rosto para não presenciar a vomição. Porém, como eu estava, justo naquele momento, olhando para o meu entrevistado, instintivamente voltei-me para o muro onde estava o rapaz franzino, no exato instante em que ele enfiava o dedo na garganta e, ato contínuo, expelia o conteúdo das profundezas do seu estômago sobre a grama junto ao chão do muro.

Tive que fazer um grande esforço para conter o fluxo gástrico que ameaçava subir rumo à minha garganta. Tão logo o jovem terminou de vomitar, ele se afastou do muro como se nada tivesse acontecido, ao mesmo tempo em que todos os pacientes – todos, menos

Perácio – viraram as costas para o muro e voltaram a fazer o que faziam antes do abominável episódio.

Apenas os três enfermeiros – um deles com o balde na mão –, CFD e eu mesmo, que tentava sempre olhar para onde olhava o meu narrador, permanecemos como observadores do desfecho da asquerosa cena.

Após certificar-se de que não havia ninguém entre ele e o muro, Perácio correu para junto da massa disforme de vômito, ajoelhou-se junto a ela, abriu sua maleta, tirou de dentro dela um enorme compasso, traçou um círculo em torno do dejeto gástrico e, imediatamente, mediu a circunferência e o diâmetro do círculo. Em seguida, usando o que parecia ser um paquímetro de alta precisão, tomou a medida milimétrica da altura da massa de matéria mal digerida. Como sempre, todas as medidas foram devidamente anotadas em diferentes caderninhos, desta vez com uma reação empolgada do homem que não falava.

Uma vez terminadas as medidas, Perácio estendeu um braço e imediatamente um dos três enfermeiros que estavam o tempo todo acompanhando o procedimento – não o que segurava o balde, mas um outro – aproximou-se de Perácio, tirou do bolso um lenço e o colocou na mão do incansável e zeloso medidor. Perácio usou o lenço para limpar seus instrumentos de medida, jogou o lenço no chão, guardou os instrumentos na maleta metálica, e foi se sentar em um banco próximo ao local das últimas medições. O enfermeiro que havia emprestado o lenço para Perácio tirou de outro bolso da calça um saquinho de plástico e recolheu o lenço sujo da mesma maneira que os donos de cães recolhem as fezes dos seus animais de estimação nas calçadas.

Foi somente então que o enfermeiro que segurava o balde jogou água sobre o vômito e, em seguida, afastou-se. Era evidente que eu tinha acabado de presenciar um ritual. Não tive dúvidas de que aquela cena repulsiva se repetia todos os dias e que, de alguma forma, possuía algum significado particular no universo psicótico da mente de Perácio.

Não tive tempo de refletir sobre tal possibilidade de significado nem sobre a função do terceiro enfermeiro – o que seguiu Perácio o tempo todo, sem carregar o balde e sem emprestar-lhe o lenço limpo ou depois recolher o mesmo lenço sujo. Tudo tinha sido tão controlado que me parecia impossível haver algo naquilo que não tivesse algum tipo de significação.

A importância do tamanho do vômito e a função do terceiro enfermeiro no sistema mental de Perácio, infelizmente, permanecem para mim um mistério indecifrável. Tenho certeza de que deixei escapar algum detalhe importante naquela ocasião, da mesma forma que, agora, tenho a sensação de estar deixando de dizer algo relevante em relação a este momento do relato. Eu sei que estou me esquecendo de algo que eu não poderia esquecer. Mesmo digitando, palavra por palavra, ponto por ponto, tudo o que eu ouço a voz sinuosa dizer na fita, com a mais absoluta concentração, não pude deixar de me perturbar com a notável alteração do meu batimento cardíaco no último trecho do relato.

Quando CFD parou de falar e eu apertei pausa no meu gravador, a alteração do batimento era tão nítida quanto a minha sensação de que algo importante deveria ser lembrado e anotado aqui. O que seria eu não sei agora. Talvez eu me lembre em outro momento. Algo me diz que o que eu esqueci não tem nenhuma relação com o que eu não percebi no ritual do vômito e que poderia explicar a função ou o significado do terceiro enfermeiro. Ali, algum detalhe me escapou. E tal detalhe não teria passado despercebido se minha atenção não tivesse sido rapidamente solicitada pela voz do meu narrador, quando ele olhou para mim e me contou que:

[8.]

– Quando ele era pequeno o Perácio vomitava muito. Eu quero dizer que ele vomitava muitas vezes e em qualquer lugar. Vomitava no carro. Vomitava na cama. E sonhava que vomitava e acordava vomitando. Uma noite ele acordou vomitando e chorou. A mãe do Perácio veio até ele. Deu um banho nele. Fez um chá para ele. Trocou toda a roupa de cama dele. Deu um beijo nele e colocou ele para dormir de novo. E aí logo o Perácio dormiu de novo. E logo ele começou a sonhar. O Perácio está pelado e é noite e na frente dele o mar escuro vira e revira como virou e revirou o que tinha no estômago dele antes de ele acordar vomitando não faz nem uma hora. O mar vira e revira na frente dele e atrás dele tem uma enorme parede de pedra. E o Perácio percebe que está de pé numa praia tão estreita que mal dá para pôr o pé direito. Nem o esquerdo dá para pôr direito. Os dois pés apertados na prainha estreita e as costas do Perácio encostadas no paredão de pedra. Um penhasco tão perfeitamente vertical como pode ser um penhasco vertical. E a praia estreita é comprida e a perder de vista tanto para o lado direito como para o lado esquerdo. E o Perácio não está sozinho na praia. A praia está cheia de um lado e do outro. Cheia de seres com o corpo que parece uma cabaça e com pés de pato e com uma corneta no lugar da boca e com os olhos tão grandes como os olhos do senhor Zoyoz Dubois que está aqui e que são como os olhos do Abscorpz que o Perácio conheceu naquela cidade onde começaram a acontecer com ele as coisas que fizeram ele vir parar aqui. E esse é mais um motivo para eu pensar que o senhor Zoyoz Dubois e o Abscorpz são a mesma pessoa. Eles têm os mesmos olhos. Mas os olhos deles não são os olhos dos seres do sonho do Perácio mesmo sendo os mesmos olhos grandes porque o Perácio sonhou com esses seres e os olhos deles muito antes de ele ter visto os olhos do Abscorpz naquela cidade e muito antes ainda de ter visto os olhos do senhor Zoyoz Dubois aqui. Quando o Perácio me contou como eram os olhos do Abscorpz e quando ele me contou como eram os olhos dos seres do sonho dele de menino eu imaginei que os seres tinham os olhos grandes assim como são os olhos do senhor Zoyoz Dubois. E os seres eram todos idênticos com seus pés de pato e seus corpos de cabaça e suas bocas de corneta e seus olhos como os olhos do senhor Zoyoz Dubois. E os seres estavam um do lado do outro dos dois lados do pequeno pelado Perácio a perder de vista pela praia estreita encostados no penhasco bem juntos e bem apertados. O pequeno Perácio está apertado entre os seres. E lá longe na ponta da praia que quase some do lado direito do Perácio está acontecendo alguma coisa que o Perácio não pode ver bem o que é mas que faz um barulho que ele pode ouvir muito bem. E ele pode sentir que essa coisa que acontece está se aproximando e crescendo como uma onda. E quando essa coisa vai chegando perto do Perácio ele percebe que essa coisa é vômito com som de corneta. Um a um os seres do sonho vomitam pela corneta que eles têm no lugar da boca e o som que o vômito faz é mesmo como o som de uma corneta. E um a um eles vão vomitando no mar. Quando um acaba o do lado vomita. E assim vem vindo a corrente do vômito cada vez mais perto do Perácio. Até que chega a vez do ser que está bem do lado do Perácio. E o ser vomita com o som da corneta. E aí o ser de pés de pato e corpo de cabaça e boca de corneta e olhos de Zoyoz Dubois olha para o Perácio como se estivesse esperando o Perácio fazer alguma coisa. E o Perácio entende que é a vez dele de fazer o que tem que ser feito e ele faz o que tem que fazer. O Perácio vomita no mar do sonho revirado como o seu estômago está de novo e o menino Perácio acorda vomitando de novo na cama limpinha que a mãe dele tinha acabado de trocar. E é por isso que o pequeno Perácio no sonho do caminhão de bombeiro que ficou esquecido no sereno no quintal sente enjoo quando ele se levanta da cama para ver se tem mesmo alguém do lado de fora roubando o caminhão de bombeiro que o pai dele diz ter custado muito caro para o Papai Noel. O pequeno Perácio desse sonho acha que vai vomitar como vomitou o pequeno Perácio do outro sonho. Mas ele não vomita. O enjoo não passa mas ele não vomita.

Esta breve e inoportuna interrupção do relato ocorreu por conta da chegada de um enfermeiro que se aproximou de CFD com um copinho de plástico que continha quatro ou cinco comprimidos de cores diferentes e um copo de plástico que continha apenas, aparentemente pelo menos, água.

Enquanto CFD ingeria os medicamentos metodicamente, um a um, intercalando goles de água, Perácio se aproximou cautelosamente, até parar ao lado do enfermeiro. Tirou a trena da maleta e mediu a altura do enfermeiro, que se manteve imóvel, evitando causar qualquer tipo de alteração involuntária em sua postura que pudesse comprometer a precisão da medida.

O tempo que Perácio levou para anotar a medida no caderninho correspondente foi o mesmo tempo que CFD demorou para terminar de engolir seus comprimidos. Precisão cronométrica.

Perácio recolheu o copinho e o copo de plástico. Eu não precisava olhar para saber que ele mediria as circunferências dos bocais dos dois copos, assim como suas respectivas alturas. Eu não vi o Perácio fazer as medidas, mas sei que ele as fez. Eu não podia olhar para Perácio enquanto o meu narrador explicava que no sonho do carrinho de bombeiro:

[10.]

– O Perácio não vomita. Era isso o que eu ia dizendo sobre o Perácio. Eu ia dizendo que o Perácio pequeno do sonho do caminhão de bombeiro de brinquedo pensa que vai vomitar nesse sonho como vomitou o pequeno Perácio do sonho das criaturas de boca de corneta mas ele não vomita. O enjoo não passa mas ele não vomita e o pequeno Perácio não sabe o que é pior para ele. Ele não sabe se é pior sentir vontade de vomitar e vomitar ou sentir vontade de vomitar e não vomitar. Ele está de pé esperando vir o vômito que não vem quando ele escuta o barulho de alguém no quintal da casa roubando o caminhão de bombeiro de brinquedo que ele ganhou do Papai Noel no Natal. Ele acha que tem que resolver o problema sozinho e fazer o pai dele ficar orgulhoso dele. Então o Perácio anda até a janela e espia pela fresta da persiana. O Perácio vê um vulto enorme andando pelo quintal. Um vulto imenso de dar medo. Mas agora o Perácio já se levantou. Já foi longe demais. Já não tem mais por que voltar para cama e esperar o pai dele acordar e enfrentar o imenso vulto no lugar dele. Agora é a vez dele. E num instante o Perácio está no quintal. E se tinha mesmo antes alguém ali não tem mais ninguém agora. No quintal o Perácio só vê os brinquedos dele espalhados por todos os lados. Mas o mais importante que é o caminhão de bombeiro não está mais lá. O Perácio procura. Ele encontra brinquedos que ele nem sabia que ele tinha mas ele não acha o caminhão de bombeiro que ele tem certeza que tem porque ganhou no Natal e deixou no quintal. Tinha que estar lá. E não está. De repente o Perácio ouve sirenes de bombeiros. E bem do lado dele no quintal da casa sobre trilhos que ele não sabia que existiam passa um enorme e brilhante trem vermelho. É um trem de bombeiro com a mangueira e as ferramentas dos bombeiros como no caminhão de bombeiro que ele ganhou no Natal. O trem todo iluminado é tão lindo que o Perácio nem lembra mais por que é que ele está no quintal. Ele não se lembra dos barulhos. Ele não se lembra da imensidão do vulto. Ele só consegue olhar para o trem com um prazer que só as crianças têm. E o Perácio nem desconfia que essa é a armadilha do pesadelo dele. Porque bem atrás dele está o imenso vulto que ele viu antes e que fez os barulhos que assustaram ele. O vulto imenso segura um saco sujo e está pronto para pegar o Perácio. E quando o Perácio se vira e se dá conta do vulto e do que o vulto está fazendo ele dá um grito imenso. Ele grita mais alto mas não consegue acordar. Num instante ele está dentro do saco onde está tudo escuro. No instante seguinte ele está fora do saco na noite iluminada pelo trem vermelho e se vira e se dá conta do vulto e grita. Mas não consegue acordar. Num instante ele está dentro do saco de novo e de novo no escuro. E de novo fora do saco e na luz do trem. E grita de novo. E de novo dentro do saco. E de novo a mesma coisa acontece de novo e acontece mais um monte de vezes até que o pequeno Perácio consegue acordar assustado. O Perácio abre os olhos no escuro do quarto. Os vidros da janela que a mãe dele tinha fechado quando colocou ele para dormir estão abertos. E pela veneziana vem um barulho do lado de fora do quintal. E o Perácio se lembra do caminhão de bombeiro que ele pediu para o Papai Noel trazer no Natal. Mas ele ainda não consegue se lembrar que o Natal não chegou ainda e que ele ainda não ganhou o caminhão de bombeiro que ele queria tanto ganhar e nunca ganhou porque era um presente caro demais para o Papai Noel dele comprar. E sempre que o Perácio se lembrava desse pesadelo e do caminhão de bombeiro que ele nunca ganhou ele pensava que o pior tipo de pesadelo é o que começa no quarto onde se dorme. Eu não sei se ele se lembra desse pesadelo agora nem se ele se lembra de que antes de vir parar aqui ele sabia que às vezes ele confundia o que ele vivia com o que ele sonhava e que isso tinha a ver com os pesadelos que ele tinha. O doutor Ernesto Cuorezzuomo podia ajudar o Perácio se o Perácio pudesse falar com ele mas o Perácio não...

CFD não completou a frase. Parou de falar, desta vez não porque o Perácio estivesse fazendo algo digno de sua observação. Meu narrador começou a tossir, como se alguma coisa tivesse ficado engasgada em sua garganta. Dois enfermeiros se apressaram em socorrê-lo. Apesar de eu manter os olhos fixos na cena, já não via nada.

A verdade é que a engasgada de CFD foi providencial para mim. Apesar de ter me mantido calado e parado o tempo todo, sentia-me sem fôlego, como se tivesse enfrentado uma maratona. Meu desejo naquele momento era levantar-me e sair em busca do tal doutor Cuorezzuomo (que pela segunda vez CFD mencionava em seu relato) para perguntar-lhe se era mesmo verdade o que CFD há pouco havia dito sobre a incapacidade de diferenciar memórias de sonho e de realidade. Pessoas que sofrem pelo excesso de pesadelos poderiam mesmo passar por aquele tipo de, digamos, perturbação mental? Meu interesse era mais egoísta que científico. Naquela época, aquele poderia ser justamente o meu caso.

[LEMBRETE: considerar a possibilidade de colocar este capítulo no lugar do capítulo 7. Talvez seja o correto, ainda que eu só tenha me lembrado disso agora. O certo é este capítulo ser o capítulo 7, penso, pelo menos por enquanto.]

Assim como o Perácio, sofri muito com pesadelos na infância, na adolescência, na juventude e até meus quase 40 anos. Em mais de uma ocasião, lembrei-me com absoluta certeza de acontecimentos que não eram fatos. Prefiro não mencionar detalhes de uma certa conversa que tive uma vez com dois amigos muito próximos. Eu comentava com eles uma conversa anterior, em que o amigo disse algo importante, a amiga comentou algo não menos importante e eu cheguei a uma conclusão assustadora para nós três. Ao ouvir minha lembrança do ocorrido, tempos depois, nenhum dos dois amigos tinha a menor ideia do que eu estava falando.

Inicialmente, custou-me acreditar que eles poderiam ter se esquecido de algo tão sério. Insisti para que eles se lembrassem não apenas do conteúdo da conversa, mas também do local onde ela tinha ocorrido. Eu me lembrava de detalhes insignificantes, como o que tínhamos bebido, o vento gelado que soprava, a luz baça do dia nublado, uma mulher de longos cabelos negros que tinha um pé engessado e caminhava com o auxílio de muletas, e que interrompeu momentaneamente a nossa conversa para que um dos meus amigos acendesse o cigarro dela. Eles não se lembravam de nada disso.

Como poderia ser? Como aquela memória tão vívida para mim poderia ser absolutamente ignorada por meus dois amigos? O assunto deve ter se insinuado em minha lembrança quando CFD disse:

> – O doente se lembra de uma coisa e pensa
> que a coisa aconteceu mesmo, mas a coisa

só aconteceu mesmo em um pesadelo que ele teve.

Não pude evitar a ideia assustadora de que haveria algo de errado comigo, uma vez que, na época da entrevista, eu não conhecia noites de sono tranquilo. Os pesadelos me acordavam e me aterrorizavam constantemente. A ideia de que a alta frequência de pesadelos pudesse produzir um estado de confusão mental na vigília me perseguiu por um certo tempo.

Eu tentava espantar o assunto argumentando comigo mesmo que não fazia muito sentido levar a sério a afirmação de um louco. CFD não estaria internado naquela instituição se não fosse louco. O que os loucos pensam e dizem não pode ser tomado ao pé da letra, eu dizia para mim mesmo.

O argumento me convencia, mas não surtia efeito. A ideia de que meus pesadelos pudessem, de alguma maneira, estar afetando minha consciência não saía da minha cabeça. Mesmo assim, decidi não investigar o assunto. Seria a melhor maneira de esquecê-lo.

Com o passar do tempo, a estratégia provou-se eficiente. Durante os anos em que as fitas com a entrevista de CFD ficaram esquecidas em uma gaveta do meu antigo escritório, eu voltei a conviver com os meus pesadelos e minhas eventuais confusões de memória sem maiores preocupações.

Até que um dia, olhando a esmo a vitrine de uma livraria, eu me deparei por acaso com um livro cujo título me pareceu irresistível: *Noite: a vida noturna, a linguagem da noite, o sono e os sonhos*, de A. Alvarez. Não resisti. Comprei o livro e comecei a lê-lo no mesmo dia, com enorme interesse. Logo, porém, percebi que havia cometido um grave erro. A fala de CFD ocupou minha memória, com a rapidez das forças nazistas invadindo a Polônia, quando li na página 186:

> O psiquiatra Ernest Hartmann sugeriu que pessoas com talento artístico e pessoas cronicamente suscetíveis a pesadelos têm mentes com 'limites tênues' [...] são mais vulneráveis a seus próprios sentimentos e fantasias, [...] menos capazes de distinguir entre estar acordado e sonhar.

Desde então, carrego sempre comigo um exemplar desse livro. De fato, eu não resisto a comprar um exemplar novo sempre que o encontro em alguma livraria ou um sebo. Em todos os meus exemplares, o mesmo trecho acima está sublinhado ou circundado. E todas as vezes em que eu comprei um exemplar novo, reli com avidez o capítulo de onde eu tirei o trecho acima, inclusive na tradução italiana.

O capítulo "Stevenson e os duendes" conta que Robert Louis Stevenson, assim como Perácio, dormia atormentado por pesadelos desde a infância. As coincidências eram perturbadoras. "Pessoas cronicamente suscetíveis a pesadelos" (como o Perácio e eu) são "menos capazes de distinguir entre estar acordado e sonhar". Não era esse o caso do sonho do caminhão de bombeiro que o Perácio teve na infância? Não era também o caso da minha lembrança vívida da conversa com meus amigos e da mulher de pé engessado que pediu para acender o cigarro no sonho que eu ainda hoje custo acreditar que tenha sido apenas um sonho?

E o nome do psiquiatra? Ernest Hartmann (*heartman*) / Ernesto Cuore(zz)uomo! Existia mesmo o doutor Cuorezzuomo ou CFD estava propositadamente falando de maneira cifrada do professor da Tufts University School of Medicine e diretor do Centro de Distúrbios do Sono do Hospital Newton-Wellesley de Boston? Se CFD tinha conhecimento do trabalho do doutor Hartmann, por que em vez de simplesmente citá-lo ele preferiu codificá-lo na figura imaginária do doutor Cuorezzuomo?

Quando li pela primeira vez o capítulo "Stevenson e os duendes", fechei o livro, vasculhei minhas gavetas, encontrei as fitas com a entrevista de CFD e tive a infeliz ideia de procurar minha amiga Olga Haagam e meu amigo Eduardo Duó para que eles ouvissem comigo o relato sobre Perácio. Enquanto marcava o número de Olga no telefone, veio-me à memória a minha própria imagem, sentado à sombra da árvore no centro do pátio, olhando fixamente para a vasta cabeleira grisalha de CFD, sentado em sua cadeira de rodas, enquanto ele me contava, pela segunda vez, que:

[12.]

– O Perácio tem 53 caderninhos como eu já contei antes. Mas eu não contei o que tem nos 53 caderninhos do Perácio. Eu só contei o que tem nos 26 primeiros caderninhos porque eu não sei o que tem nos outros 27 caderninhos. Eu não sei se é importante saber o que tem em cada caderninho mas eu acho que os caderninhos são importantes para entender o que aconteceu com o Perácio depois que ele saiu da cidade para onde ele foi depois da última vez que eu encontrei com ele. A cidade que ele chamava às vezes de Cidade dos Palanques e outras vezes de Palanquelândia e outras vezes de Palankland. A cidade onde ele encontrou o homem da mala igual à dele. A cidade onde ele conheceu o cliente da operação dele. Onde ele conheceu Os Profissionais e a Lacônica. A cidade onde o Perácio encontrou a Cantora que foi a mulher da vida dele depois da mãe dele naquela cidade. Eu nunca vou saber o nome verdadeiro daquela cidade porque mesmo eu sendo o melhor amigo do Perácio ele nunca ia me contar o nome verdadeiro daquela cidade e eu nunca ia perguntar o nome da cidade para ele porque no trabalho que a gente fazia era assim que as coisas funcionavam. Só quem fazia a operação sabia dos detalhes da operação. O departamento sabia de tudo. Mas cada um só sabia da sua operação e não dizia para os outros nem perguntava para os outros nada sobre as operações dos outros. Três letras e tzares tremem e agentes não tremem. Foi assim que a gente aprendeu. Era assim que a gente fazia. A gente não tremia. Eu não sei dizer o nome verdadeiro daquela cidade e se eu soubesse dizer eu não ia dizer. Mas se eu soubesse dizer eu não precisava dizer porque se eu soubesse o nome da cidade eu ia saber o nome da operação. E se eu soubesse o nome da operação a operação não ia ser do Perácio. Ia ser minha. E eu não ando e não tenho caderninhos e falo. Eu quero dizer que eu falo e eu ando mas oficialmente eu não ando. Eu só falo. O Perácio não fala mais. Por isso eu falo por ele. Por isso eu não posso dizer o nome verdadeiro da cidade Palankland. Eu não posso porque eu não sei. Mas eu sei que Palankland é a cidade onde o senhor Zoyoz Dubois se chamava Abscorpz e onde o Perácio conheceu a Cantora. Foi lá que o Perácio começou a pensar que ele poderia ser casado de verdade e que a aliança que ele usava para despistar não era um despiste como ele pensava. E foi assim que começaram a acontecer as coisas que fizeram ele ficar como ele ficou. Ele ficou sem falar e com a maleta metálica cheia de instrumentos de medida e com os 53 caderninhos que eu contei como eu já contei para você. Você só não sabe o que tem nos outros 27 caderninhos onde ele anota tudo o que ele mede porque eu não contei. E você não vai saber porque eu não vou contar. Eu não vou contar porque eu também não sei. Eu não consegui ver o que tinha nos outros 27 caderninhos porque o Perácio acordou e olhou para mim com olhos que não eram os olhos que eu conhecia. O Perácio me assustou com aquele olhar dele. Era um olhar que eu não tinha visto antes. Era um olhar que eu prefiro não ver nunca mais. E por isso eu não voltei para o quarto do Perácio para ver o que tinha nos outros caderninhos. Mas eu vi o suficiente. Eu vi o que eu precisava ver para entender o que é o trabalho infinito do Perácio. Primeiro eu pensei que o trabalho dele fosse descobrir se o mundo estava crescendo ou encolhendo. Depois eu percebi que o verdadeiro trabalho dele era medir as consequências. Depois eu pensei outra coisa que eu vou contar para você depois. Por enquanto vamos contar com a possibilidade de que o Perácio mede o mundo dele porque ele não mediu as consequências do que ele fez. De algum jeito o Perácio sabe em algum lugar da cabeça dele que ele só veio parar aqui e só ficou do jeito que ele ficou porque ele não mediu as consequências do que ele fez naquela cidade que ele chamava às vezes de Palankland. O Perácio não mediu as consequências de não ter seguido as regras das três letras que fazem tremer os tzares. O Perácio quebrou o protocolo. E o castigo dele é o trabalho infinito de medir sempre as mesmas coisas. E o meu castigo é ver o Perácio o dia todo medir sempre as mesmas coisas todos os dias sem poder fazer nada para ajudar ele porque eu não medi as consequências de ter tentado ajudar ele. Eu quebrei o protocolo. Eu caí na tentação de ajudar um amigo que caiu na tentação de não medir as consequências de não seguir as regras das três letras. As três letras que eu não posso dizer quais são. Você não pode saber. Se você souber eles podem fazer com você o que eles fizeram com o Perácio e o que eles fizeram comigo. Eles podem fazer o que eles quiserem e eles fazem o que eles querem e ninguém pode fazer nada contra eles querendo ou não querendo. Até tzares tremem. O Perácio sabia disso mas ele não se importou com isso quando ele viu a Cantora pela primeira vez. Ele viu a Cantora pela primeira vez quando ele entrou no camarim do pub da Lacônica. Ele entrou no camarim do pub da Lacônica por engano pensando que estava entrando no banheiro do pub. Ele precisava entrar no banheiro porque ele tinha andado muito para chegar até o endereço que estava escrito no papel que ele segurava na mão quando ele desceu do ônibus na rodoviária daquela cidade. O endereço que era o endereço do cliente da operação dele era o endereço do pub da Lacônica mas a Lacônica não era o cliente da operação dele. O Perácio sabia que a Lacônica não era o cliente da operação dele mas ele não sabia que a porta do camarim não era a porta do banheiro. Ele não sabia que quando ele entrou no camarim pensando que era o banheiro ele ia encontrar a Cantora. E foi aí que tudo começou. Ou será que começou antes? Será que começou aí ou será que começou quando ele ouviu pela primeira vez naquela cidade o nome que ele ouvia antes nos pesadelos que ele tinha com aquele nome? Eu já disse o nome?

[13.]

Um pouco antes de CFD interromper seu relato, começou a soar um insistente e importuno som de campainha de telefone antigo. Perácio largou no chão o paquímetro, com o qual ele tentava medir o tamanho de uma das porcas que fixavam na parede uma braçadeira que prendia uma calha, e começou a correr de um lado para o outro, aflitíssimo.

CFD observava a cena com uma profunda tristeza no olhar. Uma tristeza tão profunda que eu, inexplicavelmente, senti vontade de chorar. Pensei que, assim como CFD, eu sentia pena do pobre Perácio em sua desesperada procura pelo telefone que tocava ininterruptamente. Depois de observar a cena por algum tempo com disfarçado sadismo, os enfermeiros desencostaram a bunda da parede e se aproximaram de um dos internos.

O homem que aparentava ter 35 anos (em minhas anotações não há nada que faça referência tão precisa à idade daquele paciente, mas por algum motivo que desconheço, estou convencido de que ele não apenas aparentava como tinha, de fato, 35 anos) segurava nas mãos um telefone colorido, de brinquedo, feito de plástico barato, mas que emitia o som da campainha de um telefone verdadeiro com extrema perfeição. Lembro-me de ter ficado intrigado com aquele brinquedo. Como algo tão conspicuamente tosco poderia soar tão verdadeiramente real? Ao menos era assim que parecia soar o telefone: real.

Certamente soava real para o Perácio, que procurava por todos os cantos o telefone que tocava enquanto os enfermeiros perseguiam, sem muito empenho, o homem do telefone de brinquedo, que por sua vez corria e se divertia com a angústia do pobre Perácio.

O escárnio do homem do telefone me deixou profundamente indignado. Quando percebi que ele corria em nossa direção – rumo à sombra da árvore do centro do pátio, onde eu gravava o relato de CFD –, eu me preparei para interceptá-lo. Bastava esticar a perna e ele tropeçaria, acabando com o nosso tormento. Como se pudesse ler meus pensamentos, CFD tocou delicadamente o meu braço. Eu olhei para ele e vi sua expressão séria e sua cabeça mover-se de um lado para outro como se dissesse: não, você não pode interferir. Certamente, eu teria sido atacado pelos enfermeiros se tivesse derrubado o homem do telefone. Ele passou por mim e foi logo interceptado por dois enfermeiros, que o atiraram ao chão e desligaram o brinquedo infernal.

Assim que o telefone de brinquedo parou de tocar como um telefone de verdade, Perácio se tranquilizou, caminhou até o paciente do telefone e, enquanto os enfermeiros o mantinham esticado no chão, de barriga para baixo, Perácio sacou uma trena de sua maleta metálica e mediu o comprimento do corpo do paciente deitado.

Depois de anotar a medida em um caderninho, voltou à calha, pegou o paquímetro que havia deixado cair no chão e voltou ao seu trabalho de medir a porca. Chamou-me a atenção o fato de os enfermeiros só deixarem o paciente do telefone se levantar depois de Perácio anotar a medida do homem em um dos seus caderninhos. Pareceu-me (enfatizo esse detalhe em minhas anotações) que os enfermeiros já sabiam que Perácio faria aquela medida e o estavam ajudando. E, se eu estivesse certo em relação a isso, talvez fosse correto presumir que o episódio do telefone de brinquedo era mais um acontecimento que se repetia com regularidade naquele lugar. Era um outro ritual.

Assim que Perácio recuperou a tranquilidade, eu me vi possuído por uma profunda calma, como se o alívio do doente fosse meu também. Olhei para CFD e percebi que ele sorria de maneira carinhosa, aparentando ter plena consciência do que estava acontecendo comigo. E eu, quase que por instinto, retribuí o sorriso com extrema satisfação. Era como se eu sentisse orgulho de estar correspondendo à expectativa do narrador.

Por algum motivo que nunca saberei explicar ou poderei entender, CFD acreditava genuinamente que eu estava ali para ajudar o Perácio. Era esse o único motivo pelo qual ele estava me contando aquela história. Minha intenção de interferir no episódio do telefone para socorrer o Perácio era, para CFD, a confirmação de que ele poderia confiar em mim. Ele poderia me contar tudo o que ele sabia. E eu cada vez mais queria saber tudo o que ele sabia. Naquele momento eu desejava, mais do que qualquer outra coisa, entender a perturbação do Perácio ao ouvir o som do telefone. CFD atendeu meu desejo.

[14.]

– O Perácio fica perturbado sempre que ele escuta um telefone tocar. Era a mesma coisa antes de o Perácio vir parar aqui e antes de ele ter ido para Palanquelândia onde começou a história que fez ele terminar aqui do jeito que ele está. Começou quando ele viu a Cantora pela primeira vez ou quando ele escutou ou quando ele viu escrito pela primeira vez em Palankland o nome que ele tinha escutado tantas vezes antes nos pesadelos que ele tinha com os telefones e com aquele nome. É por isso que o Perácio fica perturbado sempre que ele escuta um telefone tocar como acontece quando ele entra em um galpão imenso e imundo e cheio de montes de arquivos de metal desses que se usam nos escritórios para guardar em gavetas pastas que guardam papéis. O Perácio entra lá para resolver um problema e o Perácio sempre fica aflito para resolver logo o problema quando ele tem um problema para resolver. O Perácio olha para os arquivos e sabe o que ele tem que fazer para resolver o problema que ele sabe qual é. Ninguém consegue encontrar nada nos arquivos porque eles foram organizados em ordem alfabética e a ordem alfabética não é a ordem adequada de organizar as coisas que estão naqueles arquivos porque as coisas que as pessoas procuram naqueles arquivos não podem ser encontradas na ordem alfabética das coisas. Por isso o Perácio está lá. O trabalho do Perácio é ir de arquivo em arquivo e abrir gaveta por gaveta e pasta por pasta e organizar tudo de novo por ordem de sexos e séculos e cidades e idades e vícios e ofícios e crenças e doenças e esportes e trotes e temores e mortes e tiques e traquejos e trejeitos e queijos e touros e outros. Mais ou menos essas coisas e mais ou menos nessa ordem. Você leve em conta que tudo isso é coisa de sonho. Pode ser que as coisas não sejam bem essas coisas que eu falei. Pode ser que essa não seja bem a ordem das coisas. E eu posso muito bem ter me esquecido de alguma coisa ou ter deixado alguma coisa fora do lugar. Pode ser que isso seja importante ou pode ser que não faça diferença nenhuma. Pode ser que a gente tenha tempo de voltar para esse assunto e conversar sobre ele e descobrir que as coisas e a ordem das coisas são muito importantes ou não significam nada. Pode ser que a gente não tenha tempo de falar sobre as coisas e a ordem das coisas. O tempo vai dizer. Eu vou dizer que por enquanto vamos dar tempo ao tempo e voltar ao assunto que mais interessa agora. O assunto que mais interessa agora é o nome que ainda não apareceu nesse sonho mas que já tinha aparecido em muitos pesadelos do Perácio e que é o mesmo nome que ele ouviu de novo e viu escrito pela primeira vez na cidade que ele chamava de Palankland. E se o nome ainda não apareceu nesse sonho é porque ainda nenhum telefone tocou. Antes de tocar o primeiro telefone o Perácio ainda está preocupado em separar na ordem certa as coisas que ele vai encontrando nas pastas que ele encontra nas gavetas dos arquivos separadas em ordem alfabética. E a ordem certa de separar essas coisas que ele encontra é outra. A ordem certa é séculos e sexos e cidades e idades e vícios e comícios e doenças e esperanças e esportes e mortes e trambiques e chiliques e tiques e traquejos e tomates e queijos e touros e outros. E pelo que parece o Perácio não espera ter problemas com o que ele tem que fazer. Porque para o Perácio parece ser essa a ordem perfeita das coisas. Parece que é assim até que ele percebe que as coisas não são bem assim. O Perácio logo se desespera porque ele não encontra as coisas que ele espera e ele tem medo de deixar as coisas fora de ordem. Ele encontra todo tipo de coisa menos o tipo de coisa que ele espera encontrar. E essas coisas que ele encontra nas pastas que ele encontra nas gavetas dos arquivos que se encontram no lugar onde ele se encontra são coisas que não se encontram em qualquer lugar. Mesmo num lugar como esse em que o Perácio se encontra que não é mesmo um lugar qualquer. Esse galpão é imenso e imundo e repleto de incontáveis arquivos de metal cheios de gavetas que se usam nos escritórios para guardar pastas que normalmente guardam papéis e não esse tipo de coisa que o Perácio encontra nessas pastas e que ele tem que começar logo a organizar porque ele não tem muito tempo para fazer o que ele tem que fazer. O Perácio entende que ele não tem tanto tempo para fazer o que ele entende que precisa ser feito com as coisas que ele encontra. O problema é que ele não consegue entender as coisas que ele encontra. E não adianta nada o Perácio entender o que ele tem que fazer com aquelas coisas se ele não consegue entender que coisas são aquelas. E o tempo está passando depressa e ele ainda nem começou a trabalhar. E aí o telefone toca. E o Perácio nem sabia que tinha um telefone ali. E aí outro telefone toca. E o Perácio não sabe onde estão os dois telefones que ele nem sabia que estavam ali em primeiro lugar e que estão tocando sem parar. E aí um terceiro telefone começa a tocar. E o Perácio sai desesperado procurando os telefones tentando seguir o barulho que eles fazem para encontrar o lugar onde eles se encontram. Mas o lugar é um labirinto de arquivos e o barulho e o Perácio acabam se perdendo no meio dos arquivos que fazem o labirinto. E conforme o Perácio vai passando entre os arquivos o tempo parece que passa cada vez mais depressa para ele. E quanto mais depressa parece que passa o tempo para o Perácio parece que mais e mais telefones estão tocando não se sabe onde. Mas o desespero é tanto que o Perácio continua procurando mesmo esperando acabar não encontrando nada. Por isso ele fica tão surpreso quando ele de repente se vê num outro lugar completamente diferente. Um lugar que está cheio de gente bem-vestida conversando e fumando e bebendo como se estivessem numa festa. Mas não pode ser uma festa porque nesse lugar tem uma mesa de trabalho onde estão os telefones que estão tocando. Tantos telefones tocando ao mesmo tempo que o Perácio não pode nem mesmo pensar em contar quantos eles são. Ninguém liga para os telefones que estão tocando a não ser o Perácio. Nenhuma das pessoas que estão naquele lugar fumando e conversando e bebendo como se estivessem numa festa está ligando para os telefones que estão tocando. Tem alguém em algum lugar que está ligando para cada um daqueles telefones que estão tocando onde ninguém parece estar ligando para o fato de que tem gente ligando para os telefones que estão tocando. Ninguém liga. Só o Perácio liga. Ele hesita porque quer atender o telefone que começou a tocar primeiro. Mas ele logo percebe que não tem como saber qual telefone tocou primeiro e acaba atendendo o primeiro telefone que ele vê pela frente. A voz que o Perácio ouve pelo telefone pergunta para ele onde está o homem. A voz diz que todo mundo está esperando o homem. A voz quer saber por que o homem não veio ainda. Todo mundo está esperando pelo homem. A voz diz: Estamos esperando pelo nosso homem. Diz a voz: O nosso Roger G. Towne. E é esse o nome que o Perácio ouvia nos pesadelos dele e que ele ouviu de novo e viu escrito pela primeira vez em Palankland e que ele tem medo de ouvir quando toca aqui o telefone de brinquedo que toca como telefone de verdade e que eu só não disse antes porque nenhum telefone ainda tinha tocado em um sonho do Perácio. O nome que o Perácio tem medo de ouvir aqui quando toca o telefone de brinquedo é o nome Roger G. Towne. Só de ouvir o nome Roger G. Towne o Perácio fica gelado. Ele já ouviu muitas vezes esse nome antes em muitos outros pesadelos muito parecidos com esse que eu estou contando. Só que ele não se lembra disso naquele sonho. Por isso ele não sabe explicar por que aquele nome que parece tão familiar para ele faz ele ficar gelado de medo. Ele só sabe que o melhor para ele é desligar o telefone. E é isso o que ele faz. Desliga aquele e atende outro. E a voz no outro telefone é uma outra voz diferente da primeira e diz assim para o Perácio: Vê o que tem na agenda do Roger G. Towne para amanhã de manhã. A voz diz: Eu preciso disso até hoje à noite. E o Perácio sente de novo aquele mesmo desconforto que ele sentiu quando ouviu a voz do primeiro telefone e que é o mesmo desconforto que ele sempre sente sempre que ele ouve o mesmo nome que sempre se repete: o nome Roger G. Towne. E sempre que ele ouve esse nome ele desliga o telefone. Mas sempre tem um outro telefone tocando. E o Perácio sempre atende. E é sempre a voz de alguém dizendo aquele mesmo nome de sempre: o nome Roger G. Towne. Alguém querendo falar com o Roger G. Towne. Alguém perguntando alguma coisa sobre o Roger G. Towne. Alguém querendo deixar um recado para o Roger G. Towne. E é mais ou menos isso que acontece em todos os pesadelos do Perácio que têm no meio o nome Roger G. Towne. O mesmo nome que ele viu escrito pela primeira vez na placa de uma rua de Palankland onde começou tudo o que acabou com o Perácio que eu conhecia e fez ele ficar como ele está agora. O mesmo nome da mesma rua da mesma cidade onde o Perácio se apaixonou pela primeira vez à primeira vista quando ouviu a Cantora cantar pela primeira vez.

Uma canção obrigou CFD a interromper seu relato. Ao nosso lado, um jovem interno de cabelos claros e olhos azuis – se não fossem lisos os cabelos dele eu poderia descrevê-lo como um anjo, uma vez que, como todos os outros pacientes e enfermeiros, ele estava vestido de branco – começou a cantar com uma voz aguda, límpida e afinadíssima.

A canção era totalmente desconhecida para mim. Quem sabe o quase-anjo fosse, além de intérprete, o próprio compositor. Todos, enfermeiros e pacientes, aproximaram-se do centro do pátio para ouvir a récita. Todos, exceto Perácio, que rapidamente sacou de sua maleta o metro de marceneiro e o desdobrou por inteiro para medir, primeiro, a distância entre o cantor e o espectador em pé mais próximo dele. Em seguida, mediu a distância entre o cantor e o espectador em pé mais distante dele. Cada medição foi devidamente anotada em seu respectivo caderno, o que me fez concluir, inevitavelmente, que o paciente com jeito de anjo cantava todos os dias como estava cantando naquele momento, assim como o outro paciente vomitava junto ao muro e aquele terceiro usava o telefone de brinquedo para atormentar o Perácio todos os dias. Todos os dias Perácio media as mesmas coisas, segundo CFD. Perácio media, sem dúvida, o universo que ele conhecia, o universo da instituição psiquiátrica. Perácio parecia procurar as variáveis nas coisas e nos acontecimentos que, naquele mundo, pareciam imutáveis.

CFD saboreava a canção do paciente quase-anjo com os olhos. Estava embevecido. Havia de fato algo hipnótico na voz suave do cantor. E, para mim, havia também algo curiosamente familiar naquela cena. Senti-me como se estivesse possuído por uma sensação conhecida, porém imprecisa. Era como se eu estivesse me recordando de algo nebuloso e inquestionavelmente verdadeiro.

Acreditei, naquele momento, ter ouvido antes aquela canção desconhecida. Por alguns instantes, uma certa inquietude apoderou-se de mim. Eu tentava lembrar onde e quando poderia ter ouvido antes aquela canção. Imaginava variações no andamento, no ritmo, no timbre da voz do cantor.

Pensei o que estaria dizendo a letra se ela fosse cantada em uma língua que eu conhecesse ou pelo menos pudesse identificar. Recordei-me subitamente de versos de um poema russo de cujo autor não consigo me lembrar:

> Bobeóbi cantar de lábios,
> Lheeómi cantar de olhos,
> Cieeo cantar de cílios,
> Stioeei cantar do rosto

Gsi-gsi-gseo o grilhão cantante.
Assim no bastidor dessas correspondências
Transespaço vivia o semblante.

E os versos soavam na minha memória no compasso da melodia entoada pelo cantor. E era como se cada sílaba que eu ouvia em minha cabeça saísse da boca do quase-anjo enquanto ele olhava para mim como se eu fosse todo o seu público. Era para mim que ele cantava? Não, não era.

Observando mais atentamente os olhos do paciente-anjo, notei neles um inequívoco estrabismo. A impressão de que ele olhava para mim não passava de uma ilusão. A óptica peculiar aos estrábicos aplicada aos olhos do quase-anjo resultava, sem margem a equívocos, que era para o Perácio e apenas para o Perácio que ele cantava.

Havia na imperfeição daquele olhar de azul impecável uma expressão de súplica que parecia emanar de um lugar além dos olhos estrábicos do paciente, como se ele não tivesse consciência de seus globos oculares. Eu não precisava perguntar àqueles olhos o que eles desejavam. Eles estavam me dizendo, como se sussurrassem em meu ouvido, com toda a sua sinceridade estrábica, que o desejo deles era o de serem medidos pelo Perácio com o zelo e a destreza que os olhos esperam dos oftalmologistas.

Os olhos derramaram lágrimas de aflição diante da indiferença de Perácio, que dobrava o seu metro de marceneiro metodicamente para guardá-lo em sua maleta metálica, enquanto o paciente de olhos de anjo estrábico terminava a sua canção, ao mesmo tempo em que, em minha cabeça, a súplica ocular azul enviesada se dissipava junto com o eco do último verso do poema de cujo autor não consigo lembrar o nome:

Transespaço vivia o semblante.

Ninguém aplaudiu o cantor. O público se dispersou, indiferente. E só então CFD voltou seu olhar reto para mim para afirmar, com toda a facúndia de sua voz sinuosa, que:

[16.]

– O Perácio não acreditava em sonhos premonitórios porque para ele esse negócio de premonição era pura bobagem como ele dizia sempre que ele falava nesse assunto que não sei por que interessava tanto para ele se ele não acreditava que esse assunto era um assunto sério. O Perácio dizia que a gente cria primeiro e compara depois sem se dar conta. A gente vê uma coisa e acha que sonhou com ela antes porque de alguma maneira a coisa que a gente sonhou tem a ver com a coisa que a gente vê na hora que a gente tem a sensação de ter visto a coisa antes no sonho. Aí a gente cria uma imagem da coisa que a gente compara com a imagem do sonho sem se dar conta e acha que essa coisa pode ser uma premonição. Eu não sei se o Perácio está certo ou se ele está errado. Ele nunca mudou de opinião mesmo depois que eu falei com ele muito tempo depois de ele me contar o sonho que foi o último sonho que ele me contou pessoalmente e que se alguém quiser que sirva para acreditar que existe sonho premonitório eu acho que ele serve. E depois de ouvir o sonho e depois de ouvir o que aconteceu depois do sonho você vai poder decidir por sua conta se o sonho da mala na rodoviária foi ou não foi um sonho premonitório. O Perácio está um pouco aflito porque ele acabou de chegar na rodoviária e já está quase na hora de o ônibus partir.

Então ele encontra alguém que ele conhece e que tem uma mala igualzinha à dele e que começa a conversar com ele e diz para ele que vai viajar para o mesmo lugar que ele e que já está quase na hora de o ônibus deles sair e que se é por isso que o Perácio está um pouco aflito ele pode se acalmar porque o ônibus sempre atrasa um pouco e com a passagem na mão é só chegar e entrar que dá tempo e sobra. E é só aí que o Perácio se dá conta de que ele ainda não comprou a passagem e a pessoa que está com ele entende por que ele está um pouco aflito e se oferece para ir levando a mala dele até o ônibus enquanto ele vai comprar a passagem e o Perácio deixa a mala com o homem e sai correndo para comprar a passagem. Ele conhece bem a rodoviária. Mas quando ele chega na piscina ele percebe que se esqueceu que o guichê onde ele tem que comprar a passagem fica do outro lado da piscina e que ele tem que voltar para buscar a mala para pegar o calção de banho para atravessar a piscina para comprar a passagem e sai correndo para alcançar aquele conhecido que tem uma mala igual à dele e que está levando a mala dele até o ônibus em que eles vão viajar juntos. Num instante o Perácio alcança o homem. É o mesmo homem que ele encontrou. Mas agora ele só tem uma mala que é totalmente diferente da mala que ele tinha antes e que era igual à do Perácio. E o homem não sabe explicar o que aconteceu com a mala do Perácio e pede licença porque está com pressa porque está quase na hora de o ônibus sair e aquele ônibus sai sempre na hora e diz para o Perácio que se ele perdeu a mala ele sabe aonde é que ele precisa ir para achar a mala. O Perácio precisa ir para o lugar onde se acha o que se perde. O Perácio sai de novo correndo para procurar a mala na seção de achados e perdidos e no caminho ele passa pela piscina e vê que ela está cheia de crianças e já imagina o tormento que vai ser ter que passar no meio daquela criançada toda para comprar a passagem depois que ele pegar a mala que ele perdeu e que se alguém achou deve estar na seção de achados e perdidos. O Perácio se distrai tanto pensando nas crianças na piscina que acaba não vendo direito por onde corre e acaba dando um encontrão com o motorista do ônibus que ele tem que pegar. O motorista fica com raiva e diz para o Perácio se apressar porque está quase na hora de o ônibus sair e ele não vai ficar esperando ninguém porque ele não se atrasa nunca e o Perácio que tem tanto medo de perder o ônibus num instante chega na seção de achados e perdidos e pergunta para a mulher que atende onde está a mala que ele perdeu. A mulher mostra para ele que não tem mala nenhuma ali mas diz para ele que ele pode levar quantas roupinhas de criança ele quiser porque ninguém vai vir buscar mesmo. O Perácio não entende como pode ter tanta roupinha de criança e nenhuma mala na seção de achados e perdidos. Então a mulher que atende explica para ele que aquelas são as roupinhas das crianças que se afogam todos os dias na piscina da rodoviária. O Perácio não sabia que isso acontecia e fica apavorado porque se lembra que quando ele passou pela piscina ela estava cheia de crianças e tenta explicar isso para a mulher que atende na seção de achados e perdidos mas ela não entende por que ele está dizendo isso justo para ela que nem sabe nadar e nem gosta de criança. O Perácio não se conforma e vai correndo para a piscina para avisar as crianças que é perigoso nadar ali e pensa em dizer para elas que se elas saírem da piscina e ajudarem ele a encontrar a mala que ele perdeu ele vai comprar sorvete para todo mundo. E isso é o que ele grita para as crianças quando ele chega na piscina mas elas não escutam ou fazem que não escutam. E quando o Perácio pensa em chamar alguém para fazer alguma coisa o motorista do ônibus que ele tem que pegar bota a mão com força no ombro do Perácio e diz que está todo mundo esperando o Perácio embarcar para o ônibus sair e ele puxa o Perácio pelo braço e faz o Perácio entrar no ônibus e coloca o Perácio no banheiro que fica no fundo do ônibus e diz para o Perácio que aquilo é para ele aprender a não fazer os outros terem que esperar por ele. E o motorista fecha a porta na cara do Perácio. E o Perácio tenta se consolar pensando que pelo menos ele não perdeu o ônibus e pelo menos tem uma janelinha no banheiro onde ele está trancado. E o Perácio fica olhando pela janelinha enquanto o ônibus passa pela piscina da rodoviária e então o Perácio vê que os bombeiros estão tirando os corpos das criancinhas que se afogaram e pensa que a culpa não foi dele porque bem que ele avisou que uma desgraça podia acontecer e aconteceu mesmo. Mas aí o ônibus para e fica parado um tempo e o Perácio escuta passos no corredor do ônibus e os passos param bem na porta do banheiro e o Perácio percebe que vão abrir a porta e se prepara para sair e quando a porta se abre ele dá de cara com um soldado que puxa o Perácio para fora e diz que ele está preso e vai arrastando o Perácio pelo corredor do ônibus e todo mundo está rindo dele e mesmo sem ninguém dizer nada o Perácio sabe que está sendo preso porque deixou as criancinhas se afogarem na piscina e é aí que ele acorda e foi esse o último sonho que ele me contou pessoalmente. Todos os outros que ele me contou depois ele me contou pelo telefone e eu escutei os sonhos do Perácio pelo telefone sem pensar que os ouvidos do departamento também estavam escutando tudo o que o Perácio me contava e tudo o que eu dizia para ele. Mas o sonho da rodoviária o Perácio me contou em um ônibus. Eu estava junto com ele. Era uma coincidência. Eu estava no ônibus voltando de uma operação. Ele estava no ônibus indo para outra cidade para pegar outro ônibus para ir fazer a operação dele na Cidade dos Palanques. Ele não me contou aonde ele estava indo e eu não contei de onde eu estava vindo. Era assim que funcionava no departamento. Nenhum agente contava para o outro coisa nenhuma de nenhuma operação. O Perácio me contou o sonho da rodoviária e eu só fui ouvir dele muito tempo depois o que aconteceu na rodoviária da cidade para onde ele estava indo que era a cidade onde ele conheceu a Cantora e onde começou tudo o que fez ele acabar aqui do jeito que ele acabou. Os outros pesadelos que vieram depois desse ele também me contou depois de um tempo. Ele me contou os outros pesadelos pelo telefone e nem ele nem eu pensamos que os nossos telefones podiam ter as orelhas do departamento escutando tudo o que a gente dizia quando a gente conversava. Eles tinham. Elas escutaram tudo. As orelhas do departamento escutaram tudo e os donos das orelhas descobriram que eu sabia de tudo e não contei nada para eles. Eu tinha que ter contado. Eu não contei. E foi por isso que eu me sentei nessa cadeira de rodas quando eles terminaram de fazer comigo o mesmo que eles fizeram com o Perácio. E se eu estou contando tudo para você é porque o que eles fizeram comigo não deu certo como deu certo com o Perácio. Eles pensam que deu certo porque eles pensam que eu não posso andar mas eu posso. Eu posso andar tanto quanto o Perácio andou depois de chegar de ônibus na cidade da última operação dele que foi depois do meu último encontro com ele quando ele me contou o sonho da mala na rodoviária. O que aconteceu depois na rodoviária da cidade da operação dele ele só me contou um tempo depois. Mas ele nunca associou uma coisa com a outra. O Perácio nunca disse que o sonho da rodoviária tinha sido uma premonição do que ia acontecer na rodoviária da cidade da operação dele um pouco depois. O Perácio não acreditava em sonhos premonitórios e achava isso uma bobagem. A única vez que o Perácio gostou de ouvir um sonho que alguém que acredita nessas coisas ia acreditar que era um sonho premonitório foi quando a Cantora contou para ele pela primeira e única vez o sonho que ela teve muito tempo antes de conhecer o Perácio. O Perácio não acreditava em sonhos premonitórios mas a Cantora acreditava. Se eu conhecesse a Cantora e contasse para ela tudo o que eu vou contar para você ela diria que o Perácio só ficou como ele ficou porque ele ignorou as premonições. Ela ia dizer que se o Perácio prestasse atenção nas premonições ele não teria feito o que ele fez com ela no pub depois que o Abscorpz avisou para ele o que estava acontecendo com ela no pub. Não teria dado certo o que fizeram com ele porque não teriam feito com ele o que fizeram se ele não tivesse feito o que ele fez. A Cantora diria isso se ela soubesse o que eu vou contar para você. Mas ela não sabe porque eu nunca contei para ela porque eu nunca falei com a Cantora nem nunca vou falar. Eu também não contei nem para você ainda. Não contei porque o Perácio ainda nem conheceu a Cantora porque ele ainda nem chegou na cidade da operação dele que foi onde a Cantora contou para ele o sonho premonitório que ela teve muito antes de ela conhecer o Perácio. O sonho que ela contou para o Perácio muito depois de ele ter visto a Cantora pela primeira vez era um sonho que a Cantora acreditava que era uma premonição. Se o Perácio acreditasse nas bobagens que a Cantora acreditava ele não ia estar aqui do jeito que ele está. Eu não ia andar aqui do jeito que eu ando com as pernas paradas na cadeira de rodas.

CFD parou de falar e olhou para as próprias pernas. Elas tremiam. As pernas de CFD não podiam tremer porque se elas pudessem tremer elas poderiam mantê-lo em pé e livre para se deslocar sem a cadeira de rodas. E isso os enfermeiros não poderiam descobrir. CFD não precisou me dizer isso para eu entender. Os enfermeiros não podiam saber. Eu olhei em volta, preocupado. Havia muitos enfermeiros por perto, e havia sempre um enfermeiro observando a minha entrevista com CFD. Era sempre uma observação feita a uma certa distância por um enfermeiro que estava de frente para mim encostado no muro do pátio. Esse enfermeiro – e naquele momento eu já não distinguia mais entre um enfermeiro e outro, como se todos fossem irmãos ou primos próximos –, qualquer que fosse o enfermeiro que estivesse observando a conversa, esse enfermeiro olhava sempre para mim de frente e só podia ver CFD de costas. Àquela distância, o enfermeiro – estando CFD de costas para ele – não poderia ver as pernas do meu narrador tremerem.

Então, subitamente, as minhas pernas começaram a tremer também. Porque se por um lado eu sabia que aquele enfermeiro que me observava a uma certa distância não podia ver a tremedeira das pernas do meu narrador, e portanto não perceberia que o distúrbio mental que o mantinha preso à cadeira de rodas era falso, eu também sabia, por outro lado e porque tinha visto antes, que outros enfermeiros passavam para cá e para lá, à direita, à esquerda e atrás de mim – portanto na frente de CFD –, observando dissimuladamente a minha entrevista. Um desses, fosse qual fosse o seu rosto – que certamente seria quase igual ao rosto de todos os outros –, um desses enfermeiros – passando atrás, à esquerda ou à direita de onde eu estava sentado – poderia sim perceber e denunciar o engodo. E aí estaríamos perdidos. Três letras assaltaram minha memória e fizeram tremer minhas pernas.

Eu queria dizer a CFD que se controlasse, que mantivesse a calma, que segurasse aquelas malditas pernas enquanto eu tentava fazer o mesmo com as minhas. Eu comecei a suar. Eu comecei a sentir vontade de correr dali, de fugir. Fui tomado pelo pânico de ser confundido com um dos pacientes, apesar de, ao contrário deles, eu estar vestido com camiseta, calça e tênis pretos. Temia ver-me aprisionado a uma camisa de força e atirado a uma cela.

Eu olhei para o alto, para o céu acima da copa da árvore, e respirei fundo, como se buscasse uma fonte mais abundante de oxigênio. Ainda em pânico, abaixei a cabeça e, sem nenhuma intenção ou premeditação, fixei meu olhar nas pernas de CFD. Elas estavam imóveis como as pernas de um cadáver.

Olhei em seguida para o rosto de CFD: ele estava tranquilo e pronto para retomar o relato. Fiz um gesto com a mão pedindo que esperasse um pouco. Senti-me ridículo, patético. A tal ponto que, em poucos segundos, comecei a rir de mim mesmo, em um sinal claro de que eu havia voltado ao normal.

Fiz um gesto para CFD para expressar ao mesmo tempo um pedido de desculpas e o pedido de que ele voltasse a me contar a história do Perácio na Cidade dos Palanques.

CFD, contudo, não pareceu se dar conta do meu pedido. A expressão do rosto dele era agora soturna, lúgubre. Ele não estava olhando para mim, mas para algo que acontecia atrás de mim. Voltei-me para trás rapidamente, imaginando em um fração de segundo o rosto inquisitivo de um enfermeiro nos vigiando. Quem estava atrás de mim, entretanto, era o próprio Perácio, entretido com o ato de medir sua própria maleta metálica, anotando altura, largura e profundidade em seus respectivos caderninhos.

Somente depois de Perácio guardar os três caderninhos e a trena na maleta e, em seguida, fechá-la, voltei a ouvir a voz sinuosa do meu narrador.

[18.]

– O Perácio não acreditava em sonhos premonitórios mas a Cantora acreditava. Ela contou para ele um sonho assim quando eles já estavam juntos fazia algum tempo em Palankland. Foi a primeira e a única vez que ela contou um sonho para o Perácio e era justamente um sonho que para ela era um sonho premonitório. Para ela o sonho tinha sido uma premonição do encontro dela com o Perácio na cidade onde eles se conheceram. Já fazia um tempo que eles estavam juntos e escondidos do mundo. Eles estavam deitados na cama do quarto do hotel do Perácio quando a Cantora contou para ele o sonho dela. No sonho da Cantora a Cantora está em um lugar que ela conhece bem para encontrar alguém que ela não conhece. Esse alguém que ela acha que pode ser uma premonição do encontro dela com o Perácio não aparece no começo do sonho dela que é a parte do sonho que eu estou contando mais ou menos do jeito que eu me lembro que era o sonho quando o Perácio me contou. E eu me lembro que ela está nesse lugar que ela sabe onde é para encontrar alguém que ela não sabe quem é. E para encontrar esse alguém ela precisa ir a um certo lugar que ela sabe muito bem como se faz para chegar lá e faz o caminho certo que ela sabe qual é mas aí quando ela chega lá no lugar onde ela vai se encontrar com a pessoa que ela não sabe quem é a Cantora não encontra o lugar que ela esperava encontrar porque o lugar onde ela se encontra é um cemitério que ela não conhece. E ela fica confusa porque na frente do cemitério ela vê um lugar que ela conhece e que ela sabe que fica na frente do lugar que ela esperava encontrar naquele lugar onde ela está que é o cemitério que ela não esperava encontrar. A Cantora pensa que talvez ela tenha se confundido e que aquele não é o lugar onde ela deveria estar. E então a Cantora tenta pensar que outro lugar poderia ser o lugar do encontro já que o lugar que ela pensou que era para ser o lugar do encontro não pode ser o lugar do encontro porque ela sabe que no lugar do encontro não tem o cemitério que tem agora no lugar onde ela está. A Cantora decide andar pelo cemitério porque ela acha que vai cortar caminho e chegar mais rápido no lugar aonde ela vai encontrar a pessoa que ela não conhece mas precisa encontrar mesmo sem saber agora para que lugar ela tem que ir e que definitivamente não pode ser o lugar aonde ela chegou. A Cantora anda pelo cemitério e vê casas e lojas e bancas de jornal e quitandas e farmácias e bares e prédios que ela conhece e vê que muitos desses lugares estão sendo derrubados e alguns já foram até totalmente derrubados e que no lugar dos lugares de antes tem um monte de trabalhadores cavando covas e construindo túmulos. E ela sente um incômodo desconsolo quando vê isso porque a primeira coisa que ela pensa é que o bairro inteiro está virando um cemitério. Então ela pergunta para um homem que está cavando uma cova se ele sabe o que está acontecendo e o que ele diz é o que ela já sabe porque é o que ela está vendo. O homem que está cavando diz que eles estão derrubando algumas casas e alguns prédios para usar os terrenos para cavar covas e construir túmulos. E a Cantora fica irritada com a resposta e briga com o homem que está cavando a cova e exige dele uma explicação de por que eles estão fazendo aquilo e diz isso irritada mesmo sabendo que o coitado só está lá fazendo o trabalho dele que é o trabalho que mandam ele fazer e como ele precisa trabalhar ele faz o trabalho que mandam ele fazer e se ela quer alguma explicação de alguém não é com quem está trabalhando que ela tem que falar e sim com quem manda trabalhar quem está trabalhando. E mesmo sabendo disso a Cantora exige irritada uma explicação do homem que está cavando a cova porque é assim mesmo que ela é tanto quando sonha quanto quando está acordada. A Cantora tem uma absurda intolerância com a ignorância involuntária dessa gente que como esse homem que trabalha cavando a cova não pode parar para pensar no trabalho que faz simplesmente porque não pode parar de trabalhar porque essa é a sua maldição na Terra e essa é uma maldição que só vai acabar quando ele acabar numa cova como aquela cova que ele acaba de cavar. Ele não sabe dar a resposta que a Cantora pensa que merece ouvir dele. E o cavador servil mostra para ela o que tem atrás de um prédio que estão derrubando. A Cantora vê que o que tem atrás do prédio é uma pilha de caixões com cadáveres e outra pilha de cadáveres sem caixão e que todos precisam de túmulos como aqueles que outros homens estão construindo e de covas como aquela que aquele homem acaba de cavar. E para acabar com a conversa a Cantora acaba empurrando o cavador da cova na cova que ele acaba de cavar. A Cantora sai do cemitério esquecida até do encontro com a pessoa que ela não conhece ainda e que ela vai achar depois que é uma premonição do encontro dela com o Perácio na Cidade dos Palanques. E a Cantora anda por todos os cantos da cidade que ela conhece bem e vê que aquilo que ela acabou de ver no cemitério de onde ela saiu está acontecendo em todos os cantos da cidade. A cidade está sendo tomada por cemitérios. E então o desespero que é próprio do pesadelo toma conta da Cantora. E esse desespero não vem só de ela ver os cemitérios tomando conta da cidade mas vem também de ela se lembrar que tem um encontro com alguém que ela nem sabe quem é num lugar que a essa altura ela nem tem mais certeza de onde fica. Mas logo que ela se lembra disso ela vê alguém que parece que espera alguém e que é alguém que parece alguém que ela conhece mas não é porque esse alguém é a pessoa com quem ela tem um encontro e como ela não conhece essa pessoa com quem ela tem que se encontrar essa pessoa que ela vê parece mas não é alguém que ela conhece. Então ela vai falar com essa pessoa e diz: Você se parece com o meu ex-marido. E então a Cantora pergunta: É por isso que eu tenho esse encontro com você? A pessoa que parece com o ex-marido da Cantora responde que não é naquele lugar onde eles estão que eles deveriam se encontrar. A Cantora então pergunta irritada para o homem que parece o ex-marido dela no mesmo tom que ela sempre usava para falar com o ex-marido dela quando ele ainda era marido dela e ela estava irritada com ele: O que é que você está fazendo aqui então? O homem fica ainda mais parecido com o ex-marido da Cantora e diz que não sabe o que ele está fazendo ali e que tudo o que ele sabe é que não é ali que eles deveriam se encontrar. A Cantora então dá um tapa nas costas do homem parecido com o ex-marido e grita bem alto: Sabe o que isso quer dizer? O cara que agora tem a cara do ex-marido da Cantora não sabe o que responder. E então a Cantora responde por ele: Se é com você que eu tenho que me encontrar mas aqui não é o lugar onde a gente deveria se encontrar mas você está aqui e a gente se encontrou isso quer dizer que eu estou sonhando. O homem que se parece com o ex-marido da Cantora arregala os olhos e diz: É mesmo. Então a Cantora acorda do sonho. E depois que ela conta o sonho para o Perácio quando os dois ainda estão deitados na cama no quarto de hotel dele a Cantora olha para a cara do Perácio e diz que ele tem a mesma cara do homem do sonho que é uma cara muito parecida com a cara do ex-marido dela. A Cantora só contou esse sonho para o Perácio quando eles já estavam vivendo juntos e em segredo a história de amor que eles viveram na cidade que o Perácio chamava às vezes de Palanquelândia e que terminou daquele jeito horrível justamente logo depois de a Cantora contar para ele o sonho premonitório dela. Você não sabe como terminou porque ainda nem começou. Começou logo depois que o Perácio viu a Cantora pela primeira vez e muito antes de ele ouvir o sonho premonitório dela. Começou um pouco depois de ele ter tido o sonho da mala na rodoviária que a Cantora diria que sem dúvida tinha sido um sonho com a premonição do que ia acontecer na rodoviária onde o Perácio chegou no dia em que ele conheceu a Cantora se ele tivesse contado o sonho para ela. Foi lá que tudo começou. O ônibus parou. O Perácio acordou.

O final lúcido do sonho da Cantora não era um fenômeno desconhecido para mim. Enquanto CFD observava Perácio observar um dos outros pacientes - um velho senhor mulato, muito alto - fazer alongamentos, eu me lembrava em detalhes de um sonho que tive anos antes de conhecer o meu narrador naquela instituição psiquiátrica. Eu estava de férias. Eu estava na Bahia. Eu estava em Salvador.

O velho mulato começou a dar corridinhas curtas de um lado para outro. Estava se aquecendo. Perácio se abaixou no chão, abriu a maleta metálica e tirou de dentro dela uma trena e um caderninho. A caneta ele sempre levava no bolso. Os outros pacientes e alguns enfermeiros começaram a se aproximar do velho mulato que dava suas corridinhas. Certamente, outro ritual diário.

Eu estava em Salvador e sonhei que estava de volta a São Paulo. Eu estava de volta a São Paulo com meu amigo Luiz Cabral que estava hospedado comigo na mesma casa em Salvador. E nós estávamos na rampa de entrada da PUC onde eu e o meu amigo Luiz Cabral estudávamos e nós nos encontramos com o nosso amigo China que também estudava na PUC mas não estudava o mesmo que nós estudávamos e que apesar do apelido era descendente de japoneses. E nosso amigo se interessava muito por antropologia e particularmente por candomblé e ele não tinha ido a Salvador junto comigo e meu outro amigo e não se importava – como nós também não – com o fato de a PUC ter o aspecto do velho Pelourinho.

E o senhor mulato se abaixou em preparação, deu um pinote e, em seguida, um salto. Um salto impressionante para a idade dele. E o Perácio mediu a distância do salto, e anotou o resultado em um dos cadernos. E guardou o caderno. E pegou outro caderno enquanto o velho alto esticava os músculos e se preparava para dar um segundo salto enquanto eu me lembrava do momento do sonho em que eu e o meu amigo que estava em Salvador comigo – enquanto eu sonhava – tentávamos contar para o nosso amigo estudante de história o que tínhamos visto na festa de candomblé em um terreiro que visitamos em Salvador.

O senhor alto saltou. O Perácio mediu e registrou. CFD o observou, alheio aos meus pensamentos. Eu pensava no sonho e na angústia compartilhada por meu amigo – que estava comigo no sonho e comigo em Salvador, enquanto eu sonhava – por não sabermos contar ao nosso outro amigo – que não tinha ido a Salvador, mas que estava no sonho – como tinha sido a festa de candomblé. Nós simplesmente não nos lembrávamos de nada e concluímos que se nós não nos lembrávamos de nada era porque não tínhamos ido afinal ao tal terreiro. E então nós começamos a discutir, tentando explicar, tentando entender por que nós tínhamos nos esquecido de ir ao terreiro conforme havíamos combinado.

O velho alto deu um terceiro e mais longo e último salto, novamente medido e anotado pelo expedito Perácio enquanto todos os outros pacientes – exceto CFD – aplaudiam o sucesso do saltador. Eu senti que deveria aplaudir também, mas os momentos finais da lembrança do sonho ocupavam toda a minha atenção. Não fazia sentido que eu e Cabral tivéssemos deixado de ir ao terreiro ver a festa de candomblé. Nós tínhamos passado quase um mês inteiro em Salvador e em outros lugares da Bahia, viajando horas e horas de ônibus até o local da chegada dos portugueses em Porto Seguro, inclusive, pensei no sonho, e não tínhamos nos lembrado de ir ao terreiro ver a festa de candomblé? Alguma coisa deve ter acontecido, alguma coisa deve ter nos impedido de ir ao terreiro, disse ao meu amigo do sonho. Ele permanecia em silêncio, tentando, eu penso, descobrir o que de alguma forma a memória havia encoberto, e então, eu não lembro como isso aconteceu no sonho, mas aconteceu, então eu disse já sei, no sonho. Eu de fato sabia mas não sabia como eu sabia que aquilo era um sonho e eu disse isso quase em júbilo. E os dois – o meu amigo que estava comigo no sonho e em Salvador e o meu amigo que só estava comigo no sonho – riram da minha cara como se eu fosse um maluco e eu não gostei.

Eu queria provar que eu estava certo e para provar que eu estava certo para mim mesmo bastava eu acordar. Mas isso não era o suficiente. Eu queria provar que eu estava certo no sonho. Eu queria convencer os meus dois amigos do sonho de que eu estava certo de que aquilo era um sonho. Mas eles se recusavam a ouvir meus argumentos, porque, pensei, se eu estivesse certo, eles teriam que admitir que só existiam ali porque eu estava sonhando com eles. Mesmo em sonho ninguém sonha em não existir. Eles rechaçavam todos os meus argumentos, até que finalmente eu soube dizer o que tinha que ser dito.

Que dia é hoje? – perguntei ao meu amigo que não estava em Salvador. E ele respondeu que era terça e eu, exultante, voltei-me para o meu amigo que estava em Salvador já ignorando completamente o outro amigo que já tinha cumprido no sonho o papel que lhe cabia. Viu? – eu disse – terça. Só vamos voltar na quinta, emendei. Logo, concluí, nós ainda estamos em Salvador e isto é apenas um sonho. E o meu amigo que estava comigo em Salvador ficou pálido no sonho e não pôde fazer nada a não ser admitir a única possibilidade lógica. Tem razão, ele disse, lembrei, é um sonho.

Só então eu despertei em Salvador, e acordei, aflito, o meu amigo que estava na cama ao lado para lhe contar o sonho, conforme eu me lembrei, diante de CFD, sem me dar conta de que ele já me contava que:

[20.]

– O Perácio é o único passageiro que desce do ônibus na rodoviária da operação dele e não tem ninguém na plataforma da rodoviária esperando para entrar no ônibus. O Perácio pega a mala dele e sai da rodoviária com o nome e o endereço do cliente da operação dele escritos no pedaço de papel que ele carrega na mão. Ele quer mostrar o endereço que está escrito no papel para o motorista que vai dirigir o táxi que vai levar o Perácio até aquele endereço. Ele pensa que é melhor que o motorista leia ele mesmo o nome da rua para onde o Perácio tem que ir porque ele mesmo não sabe se sabe como se diz aquele nome de rua que ele nunca tinha visto antes em nenhuma cidade. É um nome escrito em inglês. Isso o Perácio sabe. Isso o Perácio sabe mas ele fica na dúvida como é que se diz aquele nome porque inglês não é a outra língua que ele fala porque este nosso país não tem nada a ver com os inimigos ianques. E quando ele se lembra disso ele pensa que no caso dessa cidade até que é possível que alguma coisa tenha mesmo que ver com a Inglaterra porque tem mesmo alguma coisa de diferente nessa cidade que já se nota só de olhar para a rodoviária que é diferente de todas as rodoviárias que o Perácio conhece e que não são poucas. Então o Perácio pensa que ele está numa cidade que tem uma história diferente e que deve ser uma dessas cidades feitas por esses imigrantes que vêm em bando do mesmo lugar e que chegam num lugar onde não tem nada feito e então fazem tudo no lugar do jeito que é feito no lugar de onde eles vêm e que deve ter sido isso o que aconteceu nessa cidade que é bem possível que seja uma cidade feita por ingleses que chegaram naquele lugar quando não tinha nada ali e ali fizeram a cidade deles. E as pessoas que fizeram aquela cidade do jeito que devem ser as cidades delas no país delas devem ter vindo mesmo da Inglaterra. Foi o que o Perácio pensou. Por isso ele prefere mostrar o endereço para o motorista de táxi para que ele mesmo leia porque sendo o motorista da cidade e mesmo não sendo ele um inglês como aqueles que fizeram muito tempo atrás a cidade ele deve saber dizer o nome em inglês daquela rua muito melhor do que o Perácio que pensa que não tem por que ter vergonha do motorista do táxi porque ele não tem obrigação de saber dizer nenhum nome inglês de rua nenhuma daquela cidade porque nem aquela é a língua dele e nem ele é daquela cidade e ele espera não ter que dizer isso para o motorista de táxi quando ele for mostrar o endereço para ele. E o que acontece é que ele não tem que dizer mesmo nada para motorista nenhum porque não tem nenhum táxi esperando passageiro nenhum na rodoviária o que faz o Perácio pensar primeiro que aquilo é algo que ele não viu acontecer antes e pensar logo depois que aquilo não surpreende se ele pensar que ele é o único passageiro que chegou mesmo ali. Os outros todos nem desceram do ônibus que só parou ali para o Perácio descer e saiu em seguida seguindo viagem para outra cidade deixando o Perácio sozinho e sem táxi na cidade que ele iria chamar depois de Cidade dos Palanques ou de Palanquelândia ou de Palankland. O Perácio se sente por um instante como se ele estivesse na cidade fantasma de um filme de bangue-bangue. Ele olha para um lado e não vê nada. Olha para o outro e pensa que não vai ver nada também. Mas ele se engana. Ele vê sim alguém que vem de longe na direção dele se aproximando bem depressa. O Perácio percebe que aquele homem só pode estar vindo para a rodoviária porque ele carrega uma mala. O Perácio se sente aliviado e sente também uma sensação engraçada porque mesmo vendo o homem vindo de muito longe o Perácio tem a impressão de que a mala que o homem carrega é igual à mala que ele leva e que agora está no chão do lado dele. Mas nesse momento ele não se lembra do pesadelo que ele teve logo antes de ele ir para onde ele está agora. Agora o Perácio está ansioso para falar com o homem e pega a mala dele e vai na direção dele para que eles se encontrem mais rápido. Eles vão chegando cada vez mais perto um do outro e o Perácio já está estendendo o braço e se preparando para mostrar para o homem o papel com o endereço do lugar para onde ele deve ir para encontrar o cliente da operação dele. E eles finalmente ficam bem perto um do outro. Eles estão tão perto um do outro que o Perácio consegue até ver que ele tinha razão em achar que a mala que o homem carrega é igual à mala que ele carrega porque as malas são mesmo iguais. E quando ele ficam ainda mais perto um do outro o Perácio se distrai olhando para a mala do homem e o homem acaba passando por ele quase correndo para a rodoviária enquanto o Perácio de tão depressa que vinha demora para parar e conseguir se virar e sair depressa atrás do homem apressado quase gritando por favor para o homem que continua compenetrado na pressa dele sem olhar para trás e sem ouvir o que diz o Perácio. E por mais que o Perácio se apresse para alcançar o homem o homem está sempre bem na frente dele andando bem mais depressa do que ele. Até que o homem entra correndo na rodoviária e o Perácio entra logo atrás dele já sem pressa nenhuma porque não é mais para falar com o homem que o Perácio volta para a rodoviária. Ele entra para procurar um telefone para telefonar para o cliente da operação dele para avisar que ele já chegou na rodoviária. O que é só uma desculpa para ele ter a chance de contar para o cliente que não tem nenhum táxi para embarcar nem ninguém para quem perguntar como se faz para chegar lá onde o cliente está. O que é uma perfeita desculpa para o Perácio poder pedir para o cliente da operação dele o favor de mandar um carro para a rodoviária. O que para o Perácio é um verdadeiro tormento porque ele acha que vai ficar parecendo para o cliente da operação dele que se o Perácio precisa de ajuda para chegar até o cliente dele ele não pode ser o homem certo para dar a ajuda que o cliente dele precisa. O cliente pensa que o Perácio vai chegar para ajudar a resolver o problema dele. O cliente da operação não tem a menor ideia do que o Perácio tem que fazer de verdade. O cliente não sabe que o trabalho do Perácio é a operação e que faz parte da operação fazer o cliente pensar que o Perácio vai lá para ajudar o cliente. Era assim que a gente funcionava e a gente funcionava muito bem assim porque era assim que a gente era treinado. A gente era treinado para fazer o cliente pensar que a gente estava lá para ajudar a resolver o problema dele mas a gente só estava lá onde fosse para fazer a operação que o departamento tinha treinado a gente para fazer. Agentes não tremem. Por isso o Perácio hesita diante do telefone esfregando a mão na cabeça que é o que ele sempre faz quando fica angustiado como ele está agora. E sempre que ele esfrega a mão na cabeça porque está angustiado ele fica muito distraído como ele está agora e não percebe as coisas que estão acontecendo em volta dele como agora ele não percebe que o homem que passou por ele carregando uma mala igual à dele e entrou correndo na rodoviária está bem atrás dele. E o homem da mala igual à do Perácio bate no ombro do Perácio e diz: Desculpe senhor é o que diz o homem. E o Perácio se assusta e não diz nada mas o homem percebe que ele se assusta e diz: Meu Deus desculpe o susto eu só queria me certificar de que o senhor vai mesmo telefonar não vai? E o Perácio diz: Tudo bem o senhor pode telefonar primeiro eu não tenho pressa. E o homem responde: Não não por favor eu tenho tanta pressa quanto o senhor afinal nós estamos na mesma situação não estamos? E o Perácio sem entender o homem: Estamos é? E o homem surpreso: Não estamos? E o Perácio confuso: Desculpe mas eu estou um pouco perdido. E o homem compreensivo: Entendo é a primeira vez que acontece? E o Perácio mais confuso: Que acontece o quê? E o homem perdendo a paciência: Isso que acabou de acontecer com o senhor e comigo ora. E o Perácio começando a se irritar: Eu nem imagino o que aconteceu com o senhor. E o homem já bastante irritado: Eu também perdi o ônibus cavalheiro. E o Perácio entendendo a confusão do homem: Mas eu não perdi o ônibus meu senhor eu acabei de chegar aqui. E o homem indignado: Foi isso que eu quis dizer foi isso o que eu vi: o cavalheiro acabou de chegar aqui do mesmo jeito que eu acabei de chegar aqui: correndo. E o homem mais indignado: O cavalheiro portanto não me diga que não perdeu o ônibus porque eu sei que foi isso mesmo que aconteceu. E o Perácio tentando acalmar o homem: Mas eu não perdi o ônibus porque eu acabei de chegar aqui na cidade no ônibus que o senhor perdeu. E o homem entendendo o que está acontecendo e desconfiadíssimo do Perácio: Mas então por que o senhor voltou para a rodoviária se o senhor acabou de chegar aqui na cidade? E o Perácio desconfiando da desconfiança do homem: Eu vim atrás do senhor porque. E o homem não deixa ele terminar a frase e agarra firme na alça da mala e coloca a mão no bolso do casaco do mesmo jeito que fazem os bandidos elegantes dos filmes americanos e diz: Por quê? E o Perácio: Porque eu queria pedir uma informação para o senhor. E o homem apertando ainda mais a alça da mala e mexendo em alguma coisa que ele tem no bolso do casaco de um jeito que começa a preocupar o Perácio: E por que o senhor acha que eu tenho alguma informação para o senhor? E o Perácio mostrando para o homem o papel que ele tem na mão com o endereço que ele queria mostrar para o motorista de táxi mas como não encontrou nenhum não mostrou: É uma informação muito simples. E o homem não diz nada mas fica olhando desconfiado para o papel na mão do Perácio sem se mexer e o Perácio percebe que ele tem que continuar falando porque o homem não vai dizer nada até que ele diga alguma coisa e o Perácio diz: Eu queria saber se o senhor sabe como eu faço para chegar nesse endereço. E o homem suspira aliviado e até a cara dele fica mais simpática e ele fica tão relaxado que até coloca a mala dele no chão bem do lado da mala do Perácio que é exatamente igual à mala do homem. E então o homem pega o papel da mão do Perácio e diz delicadamente: Com a sua licença. E o homem lê em voz alta o endereço que está escrito no papel que agora ele segura: Rua Spranger Ainsworth: eu sei como chegar lá. E o Perácio: É perto? E o homem: Uns 15 minutos. E o Perácio: De carro? E o homem: De carro uns cinco no máximo. E o Perácio: 15 minutos andando depressa ou devagar? E o homem sem entender muito bem a pergunta do Perácio: 15 minutos andando simplesmente. E o Perácio percebendo que não ia adiantar insistir na pergunta: E como eu chego lá andando simplesmente? E o homem: É simples. E aí o homem começa a dizer todos aqueles nomes de lugares que o Perácio não entende direito e muito menos conhece mas ele tem certeza que aqueles nomes são todos nomes ingleses o que faz ele pensar que ele estava certo quando pensou que aquela era uma cidade feita por ingleses como são os nomes que o homem diz para ele tentando explicar para ele onde está a rua aonde ele tem que ir para encontrar o cliente da operação dele: Perto do Cemitério Saint James o senhor passa a Funerária Kensington e cinco minutos depois da Padaria Vauxhall vira na esquina com a rua da Drogaria Edgware. E assim segue o homem dizendo esses nomes que o Perácio nunca ouviu antes. E o homem percebe que o Perácio não vai encontrar a rua aonde ele tem que ir com aquelas informações e diz para o Perácio: Tem um caminho mais longo mas mais fácil de explicar. E o Perácio: Muito mais longo? E o homem: Não sei quanto demora porque eu nunca fui por esse caminho porque eu conheço bem o caminho mais fácil e mais rápido mas que é mais difícil de explicar. E o Perácio: Acho que então é melhor o senhor me explicar o mais fácil. E o homem: Não entendi se o cavalheiro quer que eu explique o caminho mais fácil para chegar lá ou o caminho mais fácil de explicar aqui. E o Perácio: O caminho que o senhor achar que é o mais fácil de eu entender agora. E o homem: O que é mais fácil de o senhor entender é o caminho de quem vai pela rua Roger G. Towne. E o Perácio não acredita no que ele acaba de ouvir: Que rua? E o homem quase gritando como se o Perácio fosse surdo: A rua Roger G. Towne. E o Perácio tem quase certeza de que ele acaba de ouvir o nome que ele ouvia nos pesadelos que ele tinha: o nome Roger G. Towne. Ele não tem certeza absoluta porque ele nunca tem certeza assim de nada e pensa que pode ser muito bem um nome parecido como são quase todos esses nomes estrangeiros. E o Perácio decide que é melhor não ficar pensando se o nome que o homem disse é mesmo o nome que ele ouvia nos pesadelos dele: o nome Roger G. Towne. E então o Perácio: E onde está essa rua que tem esse nome que o senhor disse? E o homem: É a rua onde nós estamos. E o homem da mala explica: a rua da rodoviária que é essa rua aí em frente é a rua que o senhor precisa seguir pelo lado direito de quem sai da rodoviária e o senhor segue por essa rua e vai passando algumas outras ruas que eu não sei quantas são mas o senhor leia o nome de todas essas ruas nas placas porque uma dessas ruas é a rua que o senhor está procurando: a rua Spranger Ainsworth. E o Perácio vai pegar a mala dele que está no chão ao lado da mala do homem que é igual à dele e dizer muito obrigado para o homem mas o homem não deixa o Perácio pegar a mala:

Um momento cavalheiro. E o Perácio espera um momento enquanto o homem continua: O cavalheiro reparou que as nossas malas são iguais. E o Perácio: Idênticas. E o homem: E como o senhor sabe que está pegando a sua mala e não a minha? E o Perácio: Eu acho que esta mala é a minha. E o homem: Mas o senhor não tem certeza. E o Perácio: Agora que o senhor levantou a dúvida eu fiquei na dúvida. E o homem: Então nós temos um problema. E o Perácio já se abaixando para abrir a mala que ele acha que é a dele: Isso é fácil: é só abrir a mala e. E o homem alarmado não deixa ele abrir a mala: O senhor não pode fazer isso. E o Perácio assustado: Eu só vou ver se a mala é mesmo a minha. E o homem: E se não for a sua? E o Perácio: Se não for a minha é a sua. E o homem: Se for a minha o senhor vai abrir uma mala que não é sua. E o Perácio: Mas pode ser a minha. E o homem: Mas se for a minha o senhor vai abrir uma mala que não é sua o que venhamos e convenhamos não é coisa que se faça. E o homem da mala completa: Digo mais: um verdadeiro cavalheiro não faria uma coisa dessas. E o Perácio: Vamos fazer o seguinte: se o senhor não quer que eu abra a sua mala por engano por que o senhor mesmo não abre qualquer uma das duas malas e o senhor mesmo descobre qual mala é a minha e qual mala é a sua e mesmo o senhor abrindo a minha eu não me importo. E o homem extremamente ofendido: O senhor está querendo dizer que não me considera um cavalheiro? E o Perácio perplexo: Eu não disse isso. E o homem: Se o senhor me considera capaz de abrir ainda que por engano uma mala que não me pertence na opinião do senhor eu certamente não sou um cavalheiro. E o Perácio: Escute meu senhor: se nenhum de nós dois abrir uma das duas malas nós nunca vamos saber qual mala é a minha e qual mala é a sua. E o homem satisfeito consigo mesmo: Exatamente como eu disse para o senhor antes: nós temos um problema. E o Perácio irritado já se abaixando de novo para abrir a mala: Pode deixar que eu vou resolver esse problema agora. E o homem ameaçador mexendo em algo que tem no bolso do mesmo jeito que ele tinha feito antes que é o jeito que os bandidos elegantes fazem nos filmes americanos: Alto lá: eu não vou permitir que um estranho abra a minha mala. E o Perácio pensando que aquele homem pode ser um louco e que aquilo que ele pode ter no bolso pode ser uma arma e sendo o homem mesmo um louco armado ele pode dar um tiro no Perácio mesmo por um motivo tão besta como aquele: O senhor tem razão: nós temos um problema. E o homem: Agora sim nós estamos falando como cavalheiros. E o Perácio: E como o cavalheiro acha que nós podemos resolver o nosso problema como cavalheiros? E o homem: Fazendo um acordo de cavalheiros. E o homem se cala em seguida e o Perácio fica quieto olhando para a cara dele. Eles ficam assim quietos por um bom tempo. Um olhando um pouco para a cara do outro e um e o outro olhando um pouco para uma mala e para a outra. Até que o homem tem uma ideia para resolver o problema. Mas antes de ele contar a ideia ele faz questão que o Perácio entenda bem que ele só vai dizer qual é a ideia dele se o Perácio entender que tudo depende de eles fazerem um acordo de cavalheiros. E sendo o Perácio um cavalheiro como ele parece ser apesar de quase ter feito uma coisa que não seria própria de um cavalheiro que foi quase ter aberto uma mala que poderia não ser a dele o homem acredita que eles podem sem problema nenhum fazer um acordo de cavalheiros e assim resolver o problema que eles têm que é o de descobrir qual é a mala de um e qual é a mala do outro. E o acordo que eles fazem é o de nunca contar para ninguém que eles se encontraram naquele dia e que eles tiveram um dia o problema que eles têm agora e que eles resolveram o problema da maneira que eles ainda vão resolver depois de fazer o acordo de cavalheiros que inclui a obrigação de eles sempre agirem como cavalheiros que não se conhecem na possibilidade de eles um dia se encontrarem de novo. Na possibilidade de eles se encontrarem de novo o que eles devem fazer é um ignorar completamente o outro e vice-versa. O Perácio concorda imediatamente com tudo. E o homem lógico não tem do que discordar já que é ele que está propondo o acordo. E assim o Perácio fica sabendo que a ideia do homem é que cada um deles pegue uma das malas e se afaste bastante mas não muito do outro e fique pronto para abrir a mala que pegou. E os dois juntos contam até três. E quando contarem três os dois abrem ao mesmo tempo as duas malas e logo em seguida os dois fecham imediatamente as duas malas. E os dois só tem esse tempo entre o abrir e o logo em seguida fechar para que um olhe o que tem na mala que o outro abriu a uma distância segura. E assim os dois só têm o tempo suficiente para reconhecer o conteúdo da mala que o outro abriu e saber que o outro abriu a sua mala ou então não reconhecer o conteúdo da mala que o outro abriu e saber portanto que o outro abriu a mala dele. Nenhum dos dois terá tempo suficiente para ver exatamente mesmo que involuntariamente o conteúdo de uma mala que definitivamente não é a sua mala que como o homem faz questão de lembrar: Não seria uma atitude apropriada de cavalheiros como eles são. Os dois estão de acordo em relação a isso. E um se afasta do outro cada um carregando uma das malas até que a distância entre um e outro seja segura o bastante para que nem um nem outro possa ver em detalhes o conteúdo de uma mala e da outra. Os dois se abaixam juntos virando o lado que abre da mala para o outro. E os dois colocam a mão nos fechos da mala e se preparam para começar a contar. E os dois contam juntos um e dois e três. E o Perácio abre depressa os fechos da mala que está com ele mas não tem tempo de abrir a mala porque o homem logo grita desesperado: Ainda não: o cavalheiro ainda não pode abrir a mala. E o Perácio impaciente: Qual é o problema agora cavalheiro: nós temos um acordo de cavalheiros não temos? E o homem em tom de desespero: É a porra do fecho que sempre emperra: eu devia ter trocado essa mala logo que descobri esse defeito mas não troquei e agora eu passo sempre por isso quando vou abrir a mala: o maldito fecho emperra. E o Perácio: O cavalheiro está me dizendo que comprou uma mala com defeito em um fecho? E o homem da mala em tom de esperança: Aconteceu o mesmo com o cavalheiro? E o Perácio quase se sentindo culpado por não ter o mesmo problema: Não cavalheiro: os fechos da minha mala nunca tiveram problema nenhum exatamente como os fechos desta mala que eu tenho comigo: eles abrem sem problema nenhum. E o homem quase decepcionado: Então essa mala que o cavalheiro tem deve certamente ser mesmo a sua. E o Perácio: Acho que o cavalheiro tem razão. E o homem da mala: O cavalheiro ainda considera necessário abrirmos as malas? E o Perácio: O cavalheiro considera? E o homem: Acho que não e o cavalheiro? E o Perácio: Acho que o cavalheiro tem razão. E o homem: Então podemos esquecer tudo isso. E o Perácio: O quanto antes. E o cavalheiro da mala em tom de advertência: Mas o cavalheiro não se esquecerá do nosso acordo de cavalheiros. E o Perácio louco para se livrar daquele louco: Isso nunca cavalheiro. E o homem: Então o cavalheiro não se esqueça: siga pela direita nesta mesma rua da rodoviária que é a rua Roger G. Towne e o cavalheiro vai encontrar a rua que procura: a rua Spranger Ainsworth. Então eles se despedem e saem juntos da rodoviária em silêncio. O homem vai pela esquerda e o Perácio pela direita e segue andando com medo de olhar para trás. E assim que ele chega na primeira esquina ele para para ver o nome da rua que está escrito na placa que é a rua onde ele está. E é aí que ele vê escrito pela primeira vez o nome que tanto se repetia nos pesadelos que ele tinha: o nome Roger G. Towne. O Perácio não tem dúvida: o nome é o mesmo: o nome Roger G. Towne. Ele tinha ouvido o homem da mala dizer o mesmo nome na rodoviária. O cavalheiro tinha dito: rua Roger G. Towne. E é esse o nome que o Perácio lê agora na placa da rua onde ele está: o nome da rua Roger G. Towne.

As anotações rápidas que eu fazia em meu caderno ao longo do relato de CFD nem sempre são confiáveis. Muitas delas são ilegíveis, por conta da minha péssima caligrafia. Entretanto, neste ponto pelo menos, em que o narrador interrompeu sua fala para observar Perácio medir uma corda que dois outros pacientes usavam para brincar de cabo de guerra, não há equívocos possíveis em relação ao que escrevi.

Perácio mediu na corda a distância da mão de um dos pacientes até a mão do outro e depois o pedaço de corda que sobrava antes da mão de um dos pacientes e o pedaço que sobrava depois da mão do outro. Enquanto isso, eu anotava em meu caderno: ele inventou tudo.

Até então, minha credulidade habitual havia funcionado perfeitamente. Eu estava convencido de que havia verdade na história do Perácio. Possivelmente, havia exageros e pequenas invenções. Porém, em sua essência, o relato me soava verossímil. Pelo menos, em sua maior parte, verdadeiro.

A coincidência dos nomes do pesadelo dos arquivos e da rua da cidade inglesa, entretanto, rompia os limites da verossimilhança, pensei, enquanto aguardava CFD retomar o relato. Pensei o mesmo quando transcrevi há pouco o que a fita registrou. E me lembro perfeitamente de ter pensado o mesmo quando ouvi o relato na companhia de Duó e Olga. Eu parei a reprodução da fita exatamente no mesmo momento de pausa do narrador em que parei a fita agora há pouco e disse aos meus dois amigos que aquele detalhe comprometia todo o relato. A menos que alguém fosse ingênuo o suficiente para acreditar na possibilidade de sonhos premonitórios, a repetição do nome inglês não deixava dúvidas sobre o caráter ficcional do relato de CFD. Olga e Duó não concordaram com minha observação.

Eles não acreditavam em sonhos premonitórios, mas consideravam possível a coincidência dos nomes. Olga, especialmente, ficou irritada com o meu ceticismo. Infelizmente, não consigo me recordar das inúmeras citações enumeradas pelo conhecimento enciclopédico de minha amiga nem das complicadas referências lacanianas que ela empregou para justificar a possibilidade de tal coincidência. Lembro-me apenas de não ter sido convencido pelos argumentos de Olga, embora, cansado da discussão e incomodado com o tom agressivo que não lhe era habitual, disse em certo momento que sim, talvez a lei das probabilidades confirmasse a possível, ainda que improvável, ocorrência narrada por CFD.

Olga percebeu minha estratégia para evitar o confronto, decodificou a falsidade do meu enunciado, como sempre fazia, e ficou ainda mais furiosa. Ela jurou que não pouparia esforços para me provar a verdade do relato de CFD. Ela intuía a existência de uma verdade oculta que clamava por ser revelada. Não foi muito tempo depois dessa conversa que Olga partiu para Georgetown (por que Georgetown?), sem informar sequer a mãe sobre o seu destino e o propósito de sua viagem. Um propósito que eu só vim a conhecer anos depois de a senhora Haagam revelar-me o destino daquela viagem fatídica.

Eu não podia suspeitar que a crença em uma coincidência pudesse chegar a tais consequências enquanto Olga, Duó e eu discutíamos a veracidade do relato. Assustado com o matiz quase messiânico de minha amiga, pedi-lhe desculpas e implorei que deixássemos a discussão de lado para voltar à história de Perácio. Eu não me recordava (como não me recordo agora) de CFD haver ou não comentado a coincidência do nome na continuação do relato. Talvez ele tivesse algo a dizer sobre o assunto.

[22.]

– Não é muita coincidência como parece ser o nome da rua por onde o Perácio tinha que andar para chegar até o cliente da operação dele ser o mesmo nome que ele ouvia nos pesadelos dele. Não é muita coincidência mas também não é nada premonitório. O nome Roger G. Towne é o nome de alguém. É um nome que eu só ouvi da boca do Perácio mas que se é o nome de uma rua de algum lugar é também o nome de alguém que existiu. Então o que aconteceu não é um tipo de premonição. É um tipo de coincidência mas não é muita coincidência. É um tipo de coisa que acontece nos sonhos. Coisas que a gente esquece na vida a gente lembra nos sonhos. Se o Roger G. Towne virou nome de rua naquela cidade é porque ele fez alguma coisa naquela cidade ou por aquela cidade. O Perácio dizia que aquela cidade parecia mesmo ter sido construída do jeito que são as cidades na Inglaterra e o nome da rua e dos pesadelos dele era um nome em inglês sem dúvida. Era sem dúvida o nome de um inglês que algum dia no passado fez alguma coisa por aquela cidade e mereceu virar nome de rua. Virou a rua Roger G. Towne. E todos os moradores da cidade que passam pela rua Roger G. Towne veem o nome escrito na placa da rua e lembram que um dia existiu um certo Roger G. Towne e pensam com eles ou dizem uns para os outros que graças ao Roger G. Towne eles vivem muito melhor do que viveriam se ele não tivesse existido. Se ele não tivesse existido aquela rua que era a rota que o Perácio percorria agora apressado carregando a mala dele para não chegar atrasado demais no endereço do cliente da operação dele teria outro nome que poderia ter sido um nome qualquer de outra pessoa qualquer. Poderia ser por exemplo Artur. Artur Alguma-coisa. E se o Roger G. Towne não tivesse existido ou se ele tivesse existido mas não tivesse feito as maravilhas que ele tinha feito por aquela cidade que os ingleses de algum jeito fizeram em algum lugar do Brasil ele não seria nome de rua e também o nome dele não seria o nome que o Perácio escutava nos pesadelos dele quando o telefone tocava. Seria um outro nome que apareceria nos pesadelos do Perácio que poderia ser ou não ser o mesmo nome que aquela rua por onde o Perácio anda agora teria se a rua tivesse o nome de uma outra pessoa que não fosse o da pessoa do senhor Roger G. Towne. A rua poderia ter outro nome que seria o nome de uma outra pessoa que teria feito o que o Roger G. Towne não fez por não existir ou por não ter coragem de fazer o que tinha que ser feito. Se ele não tivesse feito o que fez ele não teria merecido ser o nome de uma rua daquela cidade onde o Perácio tinha que fazer a operação que ia ser a última operação dele. Se o Roger G. Towne não tivesse sido quem ele foi outra pessoa poderia ter sido o que ele foi e ter feito o que ele fez e a rua poderia ter outro nome que seria o nome dessa outra pessoa. A rua poderia ter o nome de Artur Não-sei-do-quê e Artur Não-sei-do-quê poderia ser também o nome dos pesadelos do Perácio e nem por isso o nome dos pesadelos e o nome da rua seria muita coincidência ou uma premonição. Fosse qual fosse o nome de quem quer que fosse e fosse o que fosse o que ele ou ela tivesse feito por seja lá o que fosse esse nome só entraria no pesadelo do Perácio se fosse um nome que ele tivesse ouvido na vida antes de algum jeito. O Perácio dizia que só ouvia o nome Roger G. Towne nos pesadelos dele. Ele queria dizer com isso que o nome Roger G. Towne era um nome que ele não conhecia. Mas o que ele estava querendo dizer na verdade é que o nome Roger G. Towne era um nome que ele não lembrava que ele conhecia. Era um nome que em algum lugar em algum momento ele tinha ouvido e pensava que tinha esquecido mas não tinha. Ou era um outro nome que ele tinha ouvido e que tinha virado o nome do sonho dele com as letras trocadas e que era parecido com o nome que ele tinha lido na placa com o nome da rua. O nome tinha ficado lá guardado na cabeça dele de algum jeito em algum lugar escondido e desse esconderijo ele só saía para participar dos pesadelos do Perácio. O que eu estou querendo dizer com isso é que o cérebro do Perácio escolheu para os pesadelos do telefone que toca um nome que o Perácio ouviu um dia e escolheu depois esquecer ou escolheu guardar com as letras trocadas sem saber por quê. O Perácio pode ter ouvido o nome na televisão ou ter escutado o nome no rádio ou alguém algum dia pode ter dito o nome para ele em um conversa sobre um assunto em que o nome Roger G. Towne não tinha lá tanta importância assim mas foi dito mesmo assim. O Perácio então enterrou o nome nas profundezas da memória que é onde os sonhos vão buscar o que eles precisam para serem a loucura que os sonhos são. Quem foi que disse que o sonho é uma loucura curta e a loucura é um sonho longo? Viu? Se eu ouvi ou li isso um dia eu também li ou ouvi o nome que eu não consigo lembrar e que é o nome de quem disse isso ou escreveu isso um dia. Pode ser que esse nome seja em algum lugar o nome de uma rua por onde eu posso passar um dia e ver esse nome escrito na placa da rua. E pode ser que em vez de eu me lembrar de que aquele nome da placa da rua é o nome da pessoa que disse que o sonho longo é a loucura e a loucura curta é sonho eu pense que aquele nome da placa da rua por onde eu estou andando é familiar porque algum dia eu sonhei com aquele nome. Mas isso não vai acontecer nunca porque eu não ando mais. Eu não posso mais andar como o Perácio andou pela rua Roger G. Towne pensando em todas essas coisas que acabei de dizer agora para tentar explicar para ele mesmo a coincidência entre o nome da rua por onde ele andava e o nome dos pesadelos do telefone que tocava. O Perácio não me disse que pensou essas coisas mas eu conheço o Perácio melhor do que ninguém e por isso eu sei o que o Perácio pensou até chegar suado e cansado e com vontade de mijar no endereço do cliente da operação dele. Se o Perácio não pensou o que eu sei que ele pensou é porque na verdade ele não disse a verdade quando me disse que o nome da placa da rua por onde ele andou era o mesmo nome que ele ouvia nos pesadelos dele quando o telefone tocava. Mas isso não é possível porque o Perácio não mentia nunca para mim. Ele não pode ter mentido. Mas ele pode ter se enganado na lembrança. Ele pode ter confundido a lembrança do nome na voz do homem da mala e na placa com o nome da rua com a lembrança do nome nas vozes dos telefones que tocavam nos pesadelos dele. Se o Perácio se enganou eu não sei. Eu não posso saber. Eu não posso andar até ele e perguntar. Eu não ando. Ele não fala.

[23.]

Caralho! Eu não me lembrava antes mas agora eu me lembro perfeitamente. O que Olga disse na discussão sobre a coincidência era, filtradas as referências lacanianas e as citações eruditas, exatamente o que eu acabei de ouvir na fita na voz sinuosa de CFD. Olga disse o mesmo que CFD antes de ouvir o que ele disse: as letras trocadas, ele disse; e ela disse anagramas, condensações e deslocamentos. Eu tenho que voltar atrás e reescrever o capítulo 21, não há dúvidas quanto a isso. Mas não agora. Depois, mais tarde, quando eu acabar a transcrição, daqui a alguns dias, eu espero. Não vou esquecer, eu acredito. Não posso esquecer também de voltar aqui depois e contar como o senhor Zoyoz Dubois enterrou uma aranha e o Perácio tomou as medidas vertical e horizontal da cruz da aranha. Eu vi. Eu preciso contar.

[24.]

– Você olha para o Perácio medindo o mundo e consegue imaginar ele matando alguém? Você imagina o Perácio cometendo um assassinato? Nem que o departamento exigisse ele mataria alguém. Eles treinaram o Perácio para saber matar também se um dia ele precisasse matar alguém. Mas matar não era o trabalho dele e ele nunca precisou matar no trabalho. O trabalho dele era como o meu. O nosso trabalho não era matar ninguém. O nosso trabalho era outro. E foi para fazer esse outro tipo de trabalho que eles mandaram o Perácio para a cidade que ele chamava de Palankland ou Cidade dos Palanques. O Perácio não tinha que matar ninguém. A operação do Perácio era outra. O Perácio não chegou naquela cidade para assassinar uma pessoa. O Perácio chegou lá para fazer outro tipo de operação. O Perácio chegou na hora como ele sempre chegava. O Perácio não se atrasava. O Perácio só não imaginou que não tinha táxi na rodoviária daquela cidade. Ele andou apressado pela rua Roger G. Towne para começar atrasado a operação dele do jeito que todas as operações começam: encontrando o cliente da operação. Foi por conta de um assassinato que o Perácio veio parar aqui mas ele não foi parar lá para matar ninguém. O que o Perácio foi fazer exatamente eu só posso tentar adivinhar mais ou menos. O Perácio não me contou qual era a operação dele. Nenhum agente do departamento comentava uma operação com outro agente que não tinha nada a ver com a operação como eu já refalei para você não sei se pela terceira ou pela quinta vez. Nunca. O Perácio deixou escapar algumas coisas e eu adivinhei mais ou menos o que ele foi fazer lá. Mas mesmo que ele não tivesse deixado escapar nada eu ia saber que ele não foi para lá para matar ninguém. Primeiro porque o departamento não mandava o Perácio matar ninguém e segundo porque o Perácio nunca pensou em matar ninguém. O Perácio veio parar aqui por conta de um assassinato que eu não sei se ele cometeu mesmo mas eu sei que lá naquela cidade onde ele conheceu a Cantora ele não cometeu nenhum assassinato. Foi bem depois que ele assassinou uma pessoa se é que ele assassinou mesmo. Foi depois que ele voltou para a casa que ele não sabia que era dele. Foi bem depois que ele começou a acreditar que ele só tinha sonhado que ele era agente do departamento mesmo quando ele me ligava e eu garantia para ele que ele era sim um agente do departamento. Foi muito tempo depois de ele começar a pensar que ele era casado de verdade. O Perácio usava uma aliança grossa dourada em um dedo da mão esquerda sempre que ele fazia uma operação para todo mundo ver e pensar que ele era casado mas ele não era casado de verdade. Ele tinha que fazer isso porque era isso o que o departamento queria que a gente fizesse. A gente usava aliança para as pessoas pensarem que a gente era casado. Mas o Perácio nunca foi casado de verdade. O Perácio tinha que parecer casado de verdade para não acontecer o que aconteceu com ele em Palankland. O departamento ensinou a gente a trabalhar sem se envolver com ninguém durante uma operação. O departamento achava que as mulheres poderiam estragar qualquer operação. O departamento ensinou para a gente que as mulheres têm mais poder que os homens apesar de elas dizerem que é ao contrário. As mulheres têm o poder de dizer não e os homens não. Se uma mulher diz um não para um homem não acontece nada com ela por causa do não que ela diz. Se um homem diz um não para uma mulher não é isso o que acontece. Porque a mulher vai ficar pensando por que o homem disse não para ela. Ela vai pensar que ele é um veado e vai dizer que ele é um veado para todo mundo. Ou se ela souber que veado ele não é ela vai pensar então que ele é um filho da puta e vai dizer para todo mundo que ele é um filho da puta. E não vai perdoar nunca aquele veado filho da puta que disse não para ela. E se algum dia aquele filho da puta depender dela para qualquer coisa ela vai fazer aquele veado pagar com sofrimento aquele não que ele disse para ela e isso podia estragar qualquer operação. Era isso o que departamento ensinava. O Perácio sabia disso quando ele parou na frente do endereço que estava escrito no papel que ele tinha na mão e que ele não conseguiu mostrar para nenhum taxista porque não tinha nenhum taxista na rodoviária. O Perácio está parado na rua Spranger Ainsworth. Ele está sem fôlego depois de andar tanto pela rua Roger G. Towne. Ele está suado e ele está com vontade de mijar. Ele seguiu as instruções do homem da mala que ele encontrou na rodoviária. Ele caminhou pela rua Roger G. Towne. Ele encontrou a rua Spranger Ainsworth. E ele agora está diante do lugar onde ele deveria encontrar o cliente da operação dele. É o cliente que ele espera encontrar assim que ele entrar naquele lugar que não é uma casa nem um prédio de apartamentos nem uma fábrica nem uma loja como ele esperava que fosse. O lugar é um lugar onde as pessoas bebem cerveja quente e ouvem a música que Os Profissionais tocam e que a Cantora canta. Esse lugar é uma espécie de bar que naquela cidade eles chamam de pub. O Perácio sabe que é um pub porque está escrito na placa em cima da porta da entrada do lugar o nome do lugar. Pub N. C. Hower's Hope é o nome que está escrito na placa. O Perácio recupera o fôlego que ele perdeu depois de caminhar até o lugar onde ele está agora. Ele sabe quem ele espera encontrar mesmo não conhecendo ainda o Cliente porque ele conhece a cara do Cliente pela foto que ele viu no departamento. Ele entra no lugar esperando encontrar o Cliente mas ele não encontra quem ele espera. Ele encontra a Lacônica que está atrás do balcão. Ela não fala nada como era de se esperar pelo que o próprio nome dela diz. Um nome que sem dúvida não é o dela mas é o nome que o Perácio escolheu para ela para contar a história que vai começar daqui a pouco no camarim do Pub N. C. Hower's Hope. O Perácio se aproxima da Lacônica e espera que ela diga alguma coisa porque ele pensa que ela sabe quem ele é ou pelo menos imagina quem ele seja. Por isso ele acha que ela tem que perguntar alguma coisa como por exemplo você é quem eu estou pensando que você é mas ela não pergunta nada e então o Perácio resolve se sentar no banco junto ao balcão para ficar bem perto da Lacônica. E então ele fica olhando para a cara dela esperando mais uma vez que ela pergunte se ele é mesmo quem ela pensa que ele é. Mas ela pergunta outra coisa. Ela pergunta se ele quer cerveja. E o Perácio fica meio sem saber o que dizer porque ele não consegue nem pensar em olhar para um copo de cerveja tamanha a vontade dele de mijar. Então o Perácio acaba perguntando onde é o banheiro e a loira Lacônica faz cara feia e aponta para ele o caminho do banheiro. É aí que o Perácio em vez de entrar no banheiro entra no camarim da Cantora pensando que está entrando no banheiro. O camarim onde o Perácio entra e encontra a Cantora e vê a Cantora cantar pela primeira vez e se apaixona por ela à primeira vista enquanto o Bigorelhas bate de levinho as baquetas que ele usa para tocar a bateria nos shows dos Profissionais no encosto da poltrona do camarim acompanhando a Cantora cantar looking at you while troubles are fleeing I'm admiring the view cause it's you I'm seeing and what is this light that shines when you enter like a star in the night enquanto o Perácio escuta encantado mesmo estando apertado e suado depois de ter andado um bocado pela rua de nome Roger G. Towne que é o mesmo nome que ele conhecia dos pesadelos que ele tinha mas que agora por um momento pelo menos não significa mais nada para ele porque agora ele se apaixona à primeira vista pela primeira vez na vida enquanto ele ouve e vê pela primeira vez a Cantora cantar mexendo no cabelo ruivo comprido dela com os olhos verdes dela olhando para os olhos castanhos do Perácio e mexendo os braços finos dela de um jeito que faz o olhar do Perácio pousar no decote do vestido dela e ver que apesar de ela não ser muito alta e ser muito magra ela tem peitos que parecem peitos de uma mulher menos magra e mais alta. A Cantora não pergunta o que o Perácio está fazendo lá no camarim dela. A Cantora só canta. O Perácio só olha. E a Cantora disse para ele depois que viu nos olhos dele que ele se apaixonou por ela naquele exato momento em que ele olhou para os olhos dela pela primeira vez no camarim do pub N. C. Hower's Hope. Ela disse isso depois. Depois que muita coisa já tinha acontecido com o Perácio naquela cidade que ele chamava de Palankland porque quase tudo naquela cidade parecia ser em inglês. O Perácio inventou o nome meio em inglês da cidade que ele chamava de Cidade dos Palanques depois do encontro com a Cantora e antes de a Cantora dizer para ele que ela percebeu nos olhos dele que ele tinha se apaixonado por ela naquele primeiro encontro no camarim dela. Isso foi antes de ele começar a pensar que ele talvez fosse casado de verdade. Foi antes de a Elle ter se metido entre eles. Depois que a Elle entrou no quarto do Perácio não aconteceu mais nada entre eles. Eu quero dizer que não aconteceu mais nada entre a Cantora e o Perácio. Entre Elle e o Perácio aconteceu tudo. Aconteceu tudo o que fez o Perácio acabar aqui do jeito que ele acabou que é o jeito que você vê ele agora. Quando a Elle entrou no quarto foi quando tudo começou a acontecer. Mas o que começou a acontecer quando a Elle entrou no quarto só aconteceu por causa do que aconteceu quando o Perácio viu a Cantora dançando no pub com o homem da mala que ele tinha encontrado antes quando ele tinha chegado naquela cidade. Ele encontrou ele de novo e foi aí que começou a acontecer o que aconteceu quando ele estava no quarto do hotel dele com a Cantora ouvindo a Cantora contar o sonho dela que ela achava que era um sonho premonitório. E o que começou a acontecer quando o Perácio viu a Cantora dançar com o homem da mala só aconteceu por causa do que aconteceu quando o Perácio entrou no camarim da Cantora no pub. Foi aí que tudo começou.

Eu fiz um gesto pedindo para CFD que parasse um pouco. A fita do gravador estava acabando e eu precisava trocá-la por uma nova. Era um gravador de fita cassete porque naquele tempo fita cassete era a única maneira de se gravar uma conversa. Por isso, penso, eu tinha pedido aquele gravador emprestado para alguém. Eu precisava trocar a fita, mas eu também precisava de uma pausa.

Quando CFD comparou o sonho à loucura, sem conseguir lembrar quem havia feito tal comparação, eu tive certeza de que ele não estava inventando aquilo. A ideia de que o sonho é uma breve loucura e a loucura um sonho longo soou-me familiar. Eu também estava certo de ter lido em algum livro ou de ter ouvido em algum lugar aquela afirmação. Eu também não conseguia me lembrar do nome da pessoa que disse ou escreveu aquilo (nem o nome de quem tinha me emprestado o gravador), e o esquecimento teve em mim um efeito perturbador. Eu precisava de uma pausa, e inventei a desculpa da fita porque eu não conseguia controlar as associações que o meu cérebro fazia à revelia da minha vontade. Sonho e loucura, loucura e sonho. É correto definir o louco como aquele que sonha acordado? Seria a insanidade um sonho que se sonha enquanto se está acordado? É possível que as experiências que vivemos nos sonhos sejam análogas às que vivem os loucos internados nos hospícios?

Todas essas ideias pareciam brotar espontaneamente no meu cérebro como se fossem, ao mesmo tempo, minhas e alheias. E a conclusão que naquele momento me pareceu inevitável era também incontestável: se os sonhos têm sua lógica, a loucura também tem a sua. Ou quem sabe fosse melhor dizer que se os sonhos seguem sua lógica própria, as loucuras devem seguir as delas. O que eu quero dizer é que se cada sonho específico é produzido a partir de uma lógica própria, só dele, também cada louco e cada loucura devem, à sua maneira, funcionar segundo um sistema lógico peculiar.

Se CFD não era mesmo louco, como ele insinuava (o que fizeram com ele não deu certo como deu certo com o Perácio), os nomes dos lugares e das pessoas da história de Perácio era escolhas conscientes e possuíam um significado cifrado. Ao mesmo tempo, fosse ele mesmo um louco que acreditava ser verdade a história que ele estava inventando, os nomes dos lugares e das pessoas da história de Perácio eram escolhas inconscientes, produtos de uma lógica específica (mas não necessariamente arbitrária), tal e qual ocorre nos sonhos, e, portanto, possuíam um significado cifrado, segundo a lógica da sua loucura.

Agora, enquanto rememoro os pensamentos de mais de duas décadas atrás, penso que talvez tenha sido a busca do entendimento da lógica do relato de CFD o que fez Olga Haagam perder o juízo, fazendo com que o efeito da audição do relato tenha sido muito mais poderoso nela do que em Eduardo Duó. Ela pode ter ficado louca – e não apenas perturbada – por algum outro motivo que eu desconheço. Entretanto, estou certo disto, Olga alimentou seu próprio delírio ao ouvir inúmeras vezes o relato em seu apartamento de Georgetown, imaginando, de todas as possíveis maneiras, Perácio caminhar apressado, suado e apertado pela calçada da rua George G. Towne, em Palankland, onde ele foi encontrar o cliente da operação dele.

[26.]

– Foi na mesma noite do dia que o Perácio chegou na cidade de Palankland e no mesmo pub onde ele conheceu a Cantora que o Perácio encontrou pela primeira vez o cliente da operação dele. O Cliente e o Perácio ficaram sentados a noite toda na mesa do pub bebendo cerveja quente enquanto a Cantora cantava em inglês acompanhada pela banda que o Perácio chamava de Os Profissionais. O Perácio disse que deu esse nome para eles porque eles disseram um dia para ele que eles só trabalhavam com profissionais e começaram a dar risada. O que eles queriam dizer com a risada era que eles só faziam sexo com profissionais e que o Perácio tinha que conhecer as profissionais da cidade porque elas eram as melhores profissionais do mundo. Os Profissionais então pensaram que o Perácio era veado porque ele não se interessou nem um pouco pelas profissionais da cidade porque desde que ele tinha chegado na cidade ele só se interessava pela Cantora mas não deixava ninguém perceber. Ainda não tinha acontecido nada interessante entre ele e a Cantora mas ele só se interessava por ela e por isso ele não se interessou nem um pouco pelo que Os Profissionais falavam das profissionais da cidade e por isso eles pensaram que ele era veado e que a aliança de casado no dedo dele era só um disfarce porque na verdade o Perácio não era casado de verdade o que era mesmo verdade mas não do jeito que Os Profissionais pensavam. O Perácio nem percebeu o que Os Profissionais pensavam dele mesmo quando eles começaram a dizer que Perácio parecia nome de fruta e começaram a chamar o Perácio de Pera. Para eles ele era o Pera. E quando um deles chamava o Perácio de Pera todos eles esperavam que o Perácio fosse entender que eles queriam dizer que o Perácio era uma fruta e que fruta para eles queria dizer o mesmo que veado. Eles esperavam que o Perácio fosse ficar com vergonha e fosse ficar puto com eles mas ele não ficava nem uma coisa nem outra. O Perácio ficava pensando o tempo todo na Cantora. O Perácio só pensava quando seria o momento certo. O Perácio só esperava o momento certo de dizer para a Cantora o que ia fazer a Cantora pensar que o Perácio era o homem que ela esperava encontrar a vida inteira. O Perácio tinha um nome para cada um dos profissionais e ele chamava cada um deles pelo nome que ele tinha dado para eles. O Perácio chamava um deles de Bigorelhas. Chamava outro de Exu Preto e outro de Exu Loiro. Chamava o que mandava em todos eles de Sampaio e eu nunca entendi por quê. Eles não reclamavam dos nomes que o Perácio tinha dado para eles e o Perácio não achava que tinha motivo para reclamar quando eles chamavam ele de Pera e eles sempre chamavam ele de Pera e o Perácio nunca reclamava. O Perácio gostava de conversar com Os Profissionais e ouvir as besteiras que eles falavam o tempo todo porque quando ele ficava muito tempo no pub tomando cerveja quente com Os Profissionais que tocavam com a Cantora ele também ficava bastante tempo junto com a Cantora. Ele ficava esperando chegar o tempo certo de dizer para ela o que ele esperava dizer desde o dia que ele tinha visto ela cantar pela primeira vez. Ele esperava dizer para ela que Os Profissionais estavam certos e errados. Ele esperava dizer para ela que eles tinham razão de pensar que ele não era casado de verdade e que aquela aliança era só um disfarce. Ele esperava dizer para ela que eles não tinham razão de pensar que ele era veado porque ele não era. E se ele soubesse que a Cantora tinha percebido que ele tinha se apaixonado por ela à primeira vista ele também ia esperar dizer para ela que ela tinha razão de ter pensado isso quando ele entrou no camarim dela pensando que estava entrando no banheiro do pub e olhou para a Cantora enquanto ela cantava do mesmo jeito bonito que ela canta agora no palquinho do pub enquanto o Perácio toma cerveja quente com o Cliente dele. Tudo aconteceu no mesmo dia mas uma coisa foi de dia e outra foi de noite e agora é noite e o Perácio está sentado na mesa com o cliente da operação dele. O pub é meio escuro onde ficam as mesas e bem claro onde fica o palquinho onde a Cantora canta em inglês acompanhada pelos Profissionais. Onde o Perácio está sentado é escuro e ele não consegue ver muito bem o rosto do cliente da operação dele. Na verdade ele consegue ver direito que o rosto do homem sentado junto com ele é o mesmo rosto da foto que mostraram para ele no departamento antes de ele sair para a operação. É o mesmo rosto. O que quer dizer que o homem é mesmo o Cliente. Isso o Perácio consegue ver direito. O que o Perácio não consegue ver direito é alguma coisa nos olhos do Cliente. Parece que os olhos do Cliente têm um jeito torto de olhar. Parece que cada olho mexe para um lado diferente. Quando o Cliente fala com o Perácio o Perácio acha que o Cliente está olhando nos olhos dele mas parece que os olhos do Cliente estão olhando para a nuca dele. Eu quero dizer a nuca do Cliente. O Perácio escuta o Cliente dizer que quer ser para o Brasil o que o Roger G. Towne foi para a cidade dele e o Perácio acredita que para dizer uma coisa dessas o Cliente teria que estar olhando nos olhos dele mas a impressão do Perácio é que os olhos do Cliente estão tentando olhar para a nuca do próprio Cliente. O Perácio imagina que isso quer dizer que os olhos do Cliente querem dizer para o Perácio uma outra coisa. Eles querem dizer uma coisa diferente das coisas que o Cliente diz para ele. E entre tentar entender o que a Cantora canta em inglês e entender o que dizem os olhos tortos do Cliente e entender o que o Cliente espera que o Perácio faça por ele e entender como ele vai usar o que ele fizer para o Cliente para fazer a operação que o departamento quer que ele faça o Perácio se perde. O Perácio se perde nos pensamentos dele. E os pensamentos dele estão perdidos no movimento dos lábios da Cantora e no movimento dos quadris da Cantora e no movimento das mãos da Cantora e no movimento que quase não dá para perceber dos peitos da Cantora. O Perácio só pensa em movimentar o corpo dele inteiro junto com o corpo dela e no dia que ele vai dizer isso para ela e no dia que ele vai fazer aquilo com ela. O Perácio percebe ou ele acha que percebe a Cantora olhar para ele por um instante. Ele pensa que ela olhou para ele porque ela olhou para onde ele está. Ele pensa que ela acha que olhou para onde está o Perácio porque ele sabe que ela não pode ver ninguém nas mesas porque as mesas estão no escuro. Mas o Perácio tem certeza que a Cantora tentou olhar para ele mesmo sabendo que ela não podia ver ele mas sabendo que ele podia ver que ela estava tentando olhar para ele. Durou só um instante e aquele instante foi suficiente para o Perácio perceber que ele dessa vez ia fazer a operação dele durar para sempre. O Perácio fazia tudo rápido. O Perácio chegava no lugar da operação dele e fazia tudo rápido e ia embora rápido e começava logo outra operação bem rápido. Dessa vez não ia ser assim que ele ia fazer. Dessa vez ele queria que a operação dele durasse para sempre para ele ficar para sempre naquela cidade do lado da Cantora. Se dependesse dele a operação ia durar para sempre. Ele ia fazer tudo o que ele pudesse para a operação durar para sempre. Ele não podia pensar que ele um dia fosse pensar que ele pudesse ser casado de verdade. Ele não podia pensar que podia existir a mulher chamada Elle e que Elle se meteria entre eles. Ele nem conhecia esse nome. Nem nos pesadelos dele existia o nome Elle como existia o nome Roger G. Towne. O Perácio ouvia o Cliente dizer que ele queria ser para o Brasil o que o Roger G. Towne tinha sido para a cidade dele. Se era isso o que ele queria era isso o que o Perácio ia fazer. O Cliente queria virar um nome em uma placa de rua ou um nome nos pesadelos do Perácio. Era isso o que o Perácio ia fazer por ele. Era isso que ele ia usar para fazer o que o departamento queria que ele fizesse. E tudo isso ia durar para sempre. Ia durar para sempre se o Perácio não começasse a pensar que poderia ser que ele fosse afinal de contas casado de verdade. Mas isso foi muito depois de os dois se atracarem pela primeira vez no cinema da cidade. Fazia quase um ano que o Perácio estava na cidade e toda terça-feira o Perácio fazia a mesma coisa desde que ele tinha ido parar naquela cidade. Toda terça-feira ele ia sozinho no cinema da cidade. Só tinha um cinema na cidade e o Perácio gostava de ir no cinema da cidade toda terça à tarde porque quase não ia ninguém naquele dia ver os dois filmes que passavam um depois do outro na sessão dupla como era naquele tempo. O Perácio comprava um ingresso e passava a tarde no cinema vendo os dois filmes que passavam sem se importar qual era o primeiro filme e qual era o segundo. E muitas vezes o Perácio dormia no cinema vendo o segundo filme e se o primeiro filme não era muito bom ele dormia no primeiro filme também. O Perácio gostava de dormir no cinema e sonhar com o filme que ele estava vendo antes de dormir. Ele gostava quando tinha um navio no filme e então ele sonhava com um navio e alguns personagens do navio do filme estavam no navio do sonho com ele. E o Perácio fazia coisas com os personagens do filme no sonho que pareciam mais coisas de filme que coisas de sonho. E quando o Perácio acordava e olhava para a tela ele ficava confuso porque as coisas que estavam acontecendo no filme não se encaixavam muito bem nas coisas que tinham acabado de acontecer no sonho. Alguém do filme podia cair do navio no mar do sonho e desaparecer no mar mas aparecer na tela quando o Perácio abria os olhos. Então às vezes ele fechava os olhos de novo para continuar o filme dentro do sonho dele que para ele quase sempre era melhor que o filme que tinha começado antes do sonho. Outras vezes o Perácio preferia acordar e voltar para o filme da tela principalmente quando o filme do sonho virava um daqueles pesadelos que faziam o Perácio confundir o sonho com a realidade. E o Perácio devia ter pensado nisso quando ele entrou no cinema para ver a sessão dupla que começava com um filme com um nome que prometia sofrimento para ele se ele dormisse. O filme se chamava Amargo Pesadelo e ele dormiu logo no começo do filme no meio de uma cena que acontece em um posto de gasolina perdido no meio de umas montanhas em algum lugar bonito do interior dos Estados Unidos. Os caras param para colocar gasolina nos carros. E um dos caras usa óculos e anda sempre com um violão e as pessoas que trabalham no posto têm todas caras estranhas e feias como se fossem de outro planeta ou de um pesadelo mesmo mas não são. São pessoas de verdade mesmo vestidas com roupas de caipira. Só que os corpos delas são muito magros e desajeitados e os rostos delas parecem um pouco deformados por alguma doença. Pode ser que todos tenham algum tipo de doença genética ou todos são de um jeito ou de outro parentes que se casam uns com os outros e têm filhos uns com os outros. Eles parecem uma outra raça de pessoas. Como se fosse uma raça degenerada. Aquelas pessoas primeiro parecem assustadoras e depois parecem inofensivas mesmo continuando assustadoras. Nem aqui onde tem tantas pessoas com problemas eu vi alguém com uma cara parecida com a cara daquelas pessoas da cena do filme que começou a dar sono no Perácio e fazer ele piscar e começar a misturar o filme com as imagens que eram de sonho mas que mostravam as mesmas pessoas da cena do filme. E o cara de óculos com violão fica encostado no carro e começa a dedilhar no violão tundundundundundundundum enquanto ele olha para um menino que tem aquela mesma cara de uma outra raça que é a cara dos caras que trabalham no posto. E o menino está em cima de um negócio de madeira alto que parece uma parte de uma casa que não terminaram de construir de onde o menino muito branco com cabelo quase branco e nariz pontudo e olhos muito pequenos e puxados e quase fechados consegue ver o cara de óculos que toca violão encostado no carro. O menino parece um demônio sentando em um balanço e segura um banjo. E quando o cara do violão termina de fazer tundundundundundundundum no violão dele ele olha para o menino demônio do banjo no alto do negócio de madeira e o menino sentado no balanço faz no banjo dele o mesmo som que o cara de óculos encostado no carro fez com o violão só que é claro que com o som do banjo. O menino demônio faz no banjo tindindindindindindim e o tindindindindindindim do banjo soa exatamente como o tundundundundundundundum do violão só que com som de banjo em vez de som de violão. E o cara do violão faz um tundundundundundundundum um pouco mais agudo e o menino com cara de demônio faz o tindindindindindindim igualzinho um pouco mais agudo e o cara começa a tocar cada vez mais rápido e mais agudo o tundundundundundundundum e o demônio faz o tindindindindindindim mais rápido e mais agudo igualzinho e enquanto o violão faz outros tipos de tundunduns mais complicados o banjo acompanha com tindindins ainda mais complicados como se o som dele estivesse apostando uma corrida com o som do violão e logo o banjo e o violão começam a tocar quase juntos e logo depois juntos mesmo os tuntindindumdindundundundim de uma música caipira americana enquanto um cara de chapéu engraçado e bigode loiro e cara normal que está fumando cachimbo chega perto do Perácio e mostra para ele uma janela na parte de cima da casa onde dá para ver uma menina que parece irmã gêmea do menino que toca o banjo. O Perácio para de prestar atenção na música para prestar atenção na menina da janela. E ele vê que mesmo a menina sendo ainda muito menina ela olha sorrindo com um jeito de safada para o Perácio e para o cara de chapéu engraçado e bigode loiro que fuma cachimbo. O cara de chapéu engraçado e bigode loiro continua fumando o cachimbo enquanto ele puxa o Perácio pelo braço para eles entrarem dentro da casa e ele não precisa dizer nada para o Perácio entender o que ele quer fazer enquanto o tuntindindumdindundundundim do duelo do banjo e do violão fica cada vez mais alto. O Perácio fica apavorado com o que o cara de chapéu engraçado e bigode loiro quer que ele faça com ela junto com ele. O Perácio fica apavorado porque a ideia é repulsiva para ele mas ele não consegue não gostar da ideia. A menina com cara de raça degenerada deve ter no máximo uns 13 anos mas a cara de safada que ela faz é de quem tem experiência na sacanagem e o Perácio fica com vontade de fazer o que o cara de chapéu engraçado e bigode loiro quer que eles façam mas ele não quer fazer. Ele não quer entrar na casa atrás da menina enquanto o violão e o banjo continuam tundindando juntos mas o cara de chapéu engraçado e bigode loiro empurra o Perácio e eles entram juntos na casa. Para o Perácio parece que o som do duelo das cordas é muito mais alto dentro da casa do que do lado de fora. A menina repulsiva está parada no meio da sala em cima de um tapete e a sala e o tapete não combinam em nada com o lado de fora da casa. Do lado de fora a casa parece um mero casebre e do lado de dentro ela parece quase um casarão. A menina repulsiva está descalça e descabelada e usa um vestido comprido puído e continua rindo e olhando de um jeito sacana para o Perácio e para o cara de chapéu engraçado e bigode loiro. Eles ficam parados olhando para ela. O cara de chapéu engraçado e bigode loiro fuma o cachimbo e dá risada. Ele não diz nada mas o Perácio sabe que ele quer que o Perácio vá até a menina e arranque a roupa dela. O Perácio não consegue se mexer. A menina então levanta o vestido e mostra as pernas. O Perácio está doido para ir até ela e arrancar a roupa dela mas ele sente nojo dele mesmo por querer fazer uma coisa daquelas e ele não consegue se mexer. Então a menina faz xixi em cima do tapete e isso deixa o Perácio ainda com mais vontade de ir até aquela criatura repulsiva e mais nojo ele sente dele mesmo e se fosse possível ficar mais parado do que ele está ele ficaria. O Perácio não se mexe e o cara de chapéu engraçado e bigode loiro fica irritado. Ele mostra o cachimbo para o Perácio e o cachimbo não é um cachimbo. É uma espécie de caralho artificial que o cara de chapéu engraçado e bigode loiro aponta para o Perácio como se fosse uma arma. A menina repulsiva e degenerada para de fazer xixi e joga o corpo para trás esticando os braços até as mãos dela encostarem no chão. A menina começa andar como se fosse uma aranha com pés e as mãos no chão e a barriga para cima. O Perácio não consegue se mexer quando ele vê aquela coisa andando na direção dele como se fosse uma aranha. A menina aranha começa a girar até a cabeça dela de ponta-cabeça ficar de frente para o Perácio e então ela mostra a língua para ele e fala umas coisas que ele não entende mas que ele sabe que não são coisas agradáveis. E o cara de chapéu engraçado e bigode loiro encosta o que não é mais um cachimbo no pescoço do Perácio e o Perácio sente um arrepio no pescoço quando o calor daquela coisa toca na pele fria dele e a menina aranha com a cabeça virada para o Perácio começa então a vomitar um líquido verde. O Perácio fecha os olhos porque ele gosta do calorzinho que ele sente no pescoço. E então o Perácio abre os olhos e uma menina mais nova e com outra roupa e com uma cara mais assustadora que a da menina do sonho está deitada em uma cama e vomita um líquido verde e uma voz de mulher que o Perácio adora ouvir diz credo que nojo do lado dele. A voz vem da poltrona do lado da poltrona dele no cinema. A menina que vomita na cama é a menina do segundo filme que já começou e o Perácio nem percebeu assim como ele não percebeu que tem uma mulher sentada do lado dele e agora ele percebe que a mulher que está sentada do lado dele é a Cantora que diz para ele que se ele não gosta de nojeira é melhor ele continuar dormindo apesar de o filme ser muito bom. O Perácio demora um pouco para separar as coisas do sonho das coisas do cinema na cabeça dele. Ele não consegue separar as coisas direito e acaba perguntando para a Cantora se ela encostou alguma coisa no pescoço dele enquanto ele dormia. E a Cantora diz que ele estava se mexendo muito e com cara de sofrimento e que ela só quis acalmar ele. E o Perácio repete a pergunta para saber se a Cantora encostou alguma coisa no pescoço dele no cinema ou se o arrepio gostoso que ele continua sentindo no pescoço é por causa do que não é mais um cachimbo no sonho. A Cantora então diz um pouco envergonhada e um pouco marota que encostou os lábios no pescoço do Perácio. Ela quer dizer que ela deu um beijinho no pescoço do Perácio para ele se acalmar. Ela diz então que ela também fica toda arrepiada quando alguma coisa encosta no pescoço dela. Ela então percebe que o Perácio não olha mais para a tela para ver o padre exorcizar a menina que vomita verde. O Perácio olha só para a Cantora de olhos arregalados e o olhar do Perácio assusta um pouco a Cantora. Ela então pede desculpas para ele por ter atrapalhado o sono dele e o Perácio nem ouve o pedido de desculpas dela. O Perácio agarra a Cantora e dá um beijo na boca dela sem pedir licença nem pedir desculpas. O beijo do Perácio e da Cantora demora mais do que o exorcismo da menina que vomita verde. E depois que o beijo acaba a cantora abre o zíper da calça do Perácio e engole o pau duro dele de um jeito que nenhuma mulher tinha feito antes. E o Perácio sente um prazer imenso e não resiste. Ele puxa a cabeça da Cantora com carinho e pergunta para ela olhando nos olhos dela que dia é hoje. Hoje é terça é o que a Cantora responde. E o Perácio suspira apaixonado antes de dizer: Então eu não estou sonhando. A Cantora não entende o que o Perácio quis dizer. Ela também não entendeu mas acreditou quando ele explicou para ela que a aliança que ele usava era só um disfarce e que ele não era casado de verdade e que ele estava apaixonado por ela desde a primeira vez que ele viu a Cantora no camarim do pub e ela disse que já sabia disso e que nunca tinha falado nada porque o Perácio parecia não querer falar com ela sobre isso e ela ficava triste com isso mas por outro lado achava bom porque ela pensava que ele era casado de verdade e ela não queria amar um cara casado mas como ele não era casado de verdade eles passaram o resto da tarde e quase a noite inteira transando e conversando e no dia seguinte o Perácio acordou sem se lembrar dos sonhos que ele tinha tido durante a noite e sabendo o que ele tinha que fazer para ficar para sempre ao lado da Cantora. Ele queria casar com ela e ter filhos com ela e tinha certeza de que ela queria casar com ele e ter filhos com ele. O Perácio levantou decidido a fazer o que ele tinha que fazer. O Perácio decidiu que em vez de enrolar a operação para sempre na Cidade dos Palanques ele ia terminar a operação dele na Cidade dos Palanques o mais depressa possível porque aquela ia ser a última operação da vida dele. O Perácio estava decidido. O Perácio não mediu as consequências.

Eu sonhei com Olga na noite passada. Foi minha primeira noite de sono desde que comecei a transcrição do relato. Eu lembro bem do sonho. Eu não lembro ao certo quantas noites eu passei sem dormir transcrevendo rigorosamente cada palavra dita por CFD. Do sonho, porém, eu lembro bem. Se eu não dormi antes foi porque não senti sono. O sono veio depois que o Perácio decidiu que queria se casar com a Cantora e ter filhos com ela.

Eu lembro bem do sonho e me sinto compelido a registrá-lo neste capítulo, mesmo sendo incapaz de reconhecer qualquer relação relevante entre o meu sonho e esse momento do relato de CFD. O que há em comum entre o sonho e o relato é que no sonho meu amigo Duó também está junto comigo e com Olga, assim como estávamos juntos os três ouvindo o relato há mais de uma década. Isso quer dizer que já faz mais de dez anos que eu vejo Olga apenas em sonho.

Sei que sonho com Olga mesmo sem me lembrar dos sonhos que tenho com ela. Algo fica do sonho quando acordo, e eu sei que sonhei com ela. Mas em todos esses anos, até a noite passada, somente o sonho do lago tinha resistido à passagem do sono à vigília. Talvez seja esse o motivo que me impele a registrar aqui o sonho do crocodilo no caminhão de frango assado. Provavelmente eu preciso registrar o sonho por escrito, para que ele não se apague da minha memória como os demais sonhos que tenho com Olga, à exceção do sonho do lago.

Por outro lado, talvez seja melhor não misturar o sonho da noite passada com o relato antes de eu descobrir o vínculo que eu intuo existir entre uma coisa e outra. Talvez seja melhor eu ir a Cavarzere telefonar e contar o sonho para Olga. Eu não contei para Olga o sonho do lago. O sonho ocorreu logo depois de ela ter desaparecido levando as fitas do relato para Georgetown, sem avisar a ninguém para onde ela tinha ido. Eu estava desesperado e contei o sonho para o meu amigo Duó. Ele sugeriu – quase implorou –, como amigo, que eu procurasse o quanto antes um analista, argumentando que a imagem que eu tinha de Olga deveria ser tratada juntamente com minhas neuroses. Eu sei que essa é a razão de eu nunca ter me esquecido do sonho do lago.

Quem sabe seja prudente omitir deste livro o sonho do crocodilo escondido no caminhão de frango assado e contar o sonho para Olga, se os caras da prisão de Tel-Aviv entenderem o meu parco hebraico e permitirem que eu fale com ela da próxima vez que eu telefonar.

Se eu conseguir falar com ela na próxima vez talvez eu lhe conte também o sonho do lago que eu só contei para o Duó e para mais ninguém. Eu gostaria de contar para ela que no sonho eu estava procurando por ela em um sítio aonde costumávamos ir com amigos na década de 1980. Eu procurava por Olga porque tinha que lhe dizer algo muito importante. No sonho eu tinha feito uma descoberta importante e eu precisava contar para Olga para não esquecer. Eu tinha que contar para Olga que havia decifrado o enigma que, depois que acordei, nunca soube qual era. No sonho eu não pensava no enigma, apenas na solução que eu precisava contar para Olga. No sonho o enigma era real e verdadeiro mesmo sem ser enunciado. Quando acordei com a lembrança vívida do sonho, esforcei-me exaustivamente para tentar recuperar alguma imagem perdida que pudesse revelar qual era o enigma para o qual eu tinha a solução no sonho. Eu repetia para mim mesmo, no sonho, a solução do enigma:

> Pensar um branco, branco absoluto,
> Que de branco cubra tudo
> O que antes havia.
> Pensar para o branco
> Uma falha
> Que deixe entrever,
> Sob o branco pensado,
> Um pouco do branco
> Que antes havia.

No sonho, a solução do enigma era autoevidente e irrefutável. Na vigília, a solução tinha se tornado, para mim, o próprio enigma. A solução desconhecida do enigma da vigília era o enigma desconhecido do sonho, expliquei para o meu amigo Duó quando lhe contei o sonho. No sonho, enquanto eu procurava Olga, o enigma não importava mais porque eu tinha a solução.

No sonho havia no sítio um lago que não existia no sítio da realidade. E era na direção do lago que eu caminhava sob o sol intenso do verão, e algo me incomodava muito. Percebi estar impropriamente vestido com uma blusa de lã de gola olímpica que comprimia a pele do meu pescoço. Um galo cantou invisível logo que eu cheguei ao lago e não vi Olga, como esperava ver. Eu me abaixei então junto à margem do lago com a intenção de refrescar-me um pouco jogando água no rosto. E foi então que eu vi, no espelho de água da superfície do lago, o reflexo que não era do meu rosto. O reflexo no lago era Olga.

[NOTA PARA O EDITOR: Pascoal, acho que este capítulo está errado, por isso o interrompi abruptamente. Não pertence a este livro. Prometo reescrevê-lo em uma próxima revisão, concentrando-me no que importa de fato: na hora do almoço, Perácio usou o paquímetro para medir a profundidade do prato de sopa.]

[28.]

– Qual era a operação do Perácio na Cidade dos Palanques eu não sei mas eu posso imaginar. Ele não me disse qual era a operação mas ele me disse muitas coisas e algumas dessas coisas eu sei que têm a ver com a operação dele. Pelos nomes que ele escolheu para falar dessas coisas eu consigo imaginar muita coisa. O nome que ele escolheu para falar da cidade sem dizer o nome verdadeiro da cidade diz alguma coisa. Palankland e Palanquelândia são dois nomes diferentes da mesma Cidade dos Palanques e isso diz alguma coisa. Assim como diz alguma coisa o cliente da operação do Perácio querer ser para o Brasil o que foi Roger G. Towne para a cidade dele e que fez o Roger G. Towne merecer ser nome de rua na cidade dele. Também diz alguma coisa o senhor Zoyoz Dubois que enterra os animais aqui ser a mesma pessoa que na cidade de Palankland se chamava Abscorpz. Abscorpz é o nome que o Perácio escolheu para falar do homem de Palankland que era o homem de olhos grandes como olhos de boi que o Perácio escolheu para ajudar a acabar mais depressa a operação de Palankland. O Abscorpz entrava no cemitério e saía do cemitério na hora que ele queria e por isso ele podia fazer o que o Perácio pediu para ele fazer sem ninguém perceber. E era graças ao que o Abscorpz fazia que o Perácio conseguia ajudar o Cliente a tentar ser para o Brasil o que o Roger G. Towne tinha sido para a cidade dele e assim sem saber o Cliente ajudava o Perácio a fazer mais depressa a operação que o departamento queria que ele fizesse e que eu não sei qual era mas eu consigo imaginar mais ou menos o que poderia ser. Eu posso imaginar mas eu não posso contar. Eu não posso contar porque eu tenho medo de contar. Mas se eu perder o medo eu posso até contar alguma coisa mas eu não sei se você vai querer ouvir. Porque se eu contar o que eu sei eu sei que você vai acabar contando para alguém o que eu contei para você e você e eu vamos pagar caro por isso um dia. Três letras e tzares tremem. Pode demorar para eles descobrirem mas eles descobrem. Pode demorar para eles fazerem alguma coisa mas eles fazem. Olha o que eles fizeram com o Perácio e o que eles pensam que fizeram comigo. Comigo eles tentaram mas não conseguiram. Não deu certo comigo mas deu certo com o Perácio. Não vai dar errado com você se eles fizerem com você o que eles vão fazer se eu contar para você o que eu imagino que eu sei e se eles descobrirem que você sabe o que eu posso contar para você mas prefiro não contar pelo menos por enquanto. Agora por enquanto pelo menos eu prefiro não contar para você o que eu não sei o que foi mas imagino que pode ter sido. Eu tenho quase certeza do que pode ter sido porque eu não tenho dúvida sobre o que aconteceu em Palankland que fez o Abscorpz ter vindo parar aqui com o nome de senhor Zoyoz Dubois e ficar o tempo todo procurando bichos mortos e matando bichos para enterrar no tanque de areia. O Abscorpz foi o primeiro que descobriu o que o Perácio não deveria ter feito nunca ou já que fez não deveria ter deixado ninguém nunca descobrir. E quando o Perácio descobriu que o Abscorpz tinha descoberto o que ninguém poderia descobrir nunca o Perácio pela primeira vez em uma operação usou a arma dele. Ele não usou a arma dele para matar o Abscorpz mas teria sido melhor se ele tivesse matado. Ele só mostrou a arma para o Abscorpz enquanto ele contava para o Abscorpz como a mulher com quem ele era casado era ciumenta e como ela dava sempre um jeito de vigiar o Perácio e o que ela poderia fazer com o Perácio se ela descobrisse o que ele andava fazendo com a Cantora na madrugada no cemitério. Naquele momento o Perácio ainda não pensava que ele pudesse ser casado de verdade e nem o Abscorpz desconfiou que o Perácio não era casado de verdade. O Abscorpz acreditou na história do Perácio e ficou com medo de acontecer alguma coisa com o Perácio se alguém ficasse sabendo o que ele e a Cantora fizeram naquela madrugada no cemitério enquanto o Abscorpz fazia justamente o que o Perácio tinha pedido para ele fazer. O Abscorpz idolatrava o Perácio porque o Perácio dava dinheiro para ele roubar as madeiras dos caixões enterrados no cemitério e por isso o Abscorpz era capaz de fazer qualquer coisa para proteger o Perácio. O Perácio sabia do perigo mas não conseguiu não fazer o que a Cantora pediu para ele fazer que era fazer no cemitério o que eles faziam todos os dias no quarto do hotel do Perácio que era o mesmo hotel onde morava a Cantora. A Cantora às vezes gostava de fazer coisas que o Perácio não tinha feito nunca e nunca deveria ter feito no meio de uma operação. O Perácio já tinha decidido que aquela operação ia ser a última operação dele e ele disse isso para a Cantora depois de ter dito para ela que ele não era casado de verdade. O Perácio não queria mais que aquela operação durasse para sempre porque agora ele queria ser casado de verdade com a Cantora e ficar para sempre do lado da Cantora sem esconder isso de ninguém e para que isso acontecesse aquela ia ter que ser a última operação dele. Ele ia terminar a operação dele e ia voltar para o departamento e dizer para eles que ele não ia mais trabalhar para eles e acreditava que eles iam entender as razões dele e considerar que por ele ter sido sempre um agente que sempre fazia o que tinha que ser feito sem falhar e sem reclamar eles iriam oferecer para ele uma promoção para ele não precisar viajar mais ou então uma aposentadoria merecida justa e tranquila. O Perácio achava que tudo o que ele precisava fazer para conseguir o que ele queria do departamento era terminar logo a operação e convencer a Cantora a não deixar ninguém descobrir que eles estavam juntos e apaixonados. O Perácio não esperava encontrar o Abscorpz no cemitério naquela noite carregando as madeiras dos caixões que ele desenterrava para fazer os palanques que o Cliente espalhava por todas as esquinas da cidade. O Perácio teve que mostrar a arma dele para o Abscorpz ficar assustado e não contar nada para ninguém. E o Abscorpz preocupado com o Perácio nunca contou mesmo nada do que ele viu no cemitério para ninguém. Mas depois do que ele viu naquele dia o Abscorpz fiel ao Perácio contou para o Perácio o que ele viu no pub e o Perácio saiu do hotel correndo e foi correndo para o pub para ver com os próprios olhos o que o Abscorpz tinha visto e tinha contado para ele. O Perácio não ia mais no pub e não falava mais com Os Profissionais. O Perácio não ficava mais perto da Cantora fora do quarto do hotel dele porque ele não conseguia e ela também não conseguia esconder dos outros o amor que existia entre os dois. E para todos os efeitos o Perácio era casado e não ficava bem para a Cantora ter um caso com ele. Mas para o Perácio o perigo mesmo não era o que iam dizer dele e da Cantora. O perigo era o departamento ficar sabendo de um jeito ou de outro que ele tinha quebrado o protocolo e colocado a operação em risco. O departamento nunca avisava quando mandava um agente vigiar o agente que estava fazendo a operação e o agente que eles mandavam era sempre um agente que o agente da operação não conhecia. O Perácio sabe que esse perigo existe quando ele sai correndo do hotel para ver com os próprios olhos o que o Abscorpz tinha contado para ele. O Perácio corre na velocidade de uma bala mas ele pensa com a calma dos agentes bem treinados. A cidade é pequena e o Perácio caminha por ela todos os dias. O Perácio caminha e faz voltas abruptas e olha nos reflexos dos espelhos e das vitrines e dos vidros dos carros para ter certeza de que ninguém está seguindo ele. O Perácio corre para o pub pensando em todos os rostos que ele viu nos últimos dias e ele tem certeza de que ele não viu nenhum rosto suspeito. O Perácio se aproxima do pub e diminui a velocidade para não chegar no pub sem fôlego. O Perácio só entra no pub depois que a respiração dele volta ao normal e depois de enxugar o suor do rosto. O Perácio entra no pub e ouve e vê Os Profissionais tocando uma música lenta e romântica e não vê a Cantora cantando. O Perácio caminha por todo o pub e cumprimenta todo mundo que ele conhece como se nada estivesse acontecendo. O pub está lotado de gente tomando cerveja quente como sempre. O palco está claro e as mesas estão escuras como sempre. E também está escuro um espaço pequeno entre as mesas onde alguns casais dançam abraçadinhos ao som da música lenta dos Profissionais. Está tudo escuro mas não completamente escuro e o Perácio tem os olhos treinados para observar as coisas com pouca luz. O Perácio observa os rostos de todas as pessoas que estão no pub e tem certeza que nenhum rosto é suspeito. O Perácio tem certeza de que ali não tem nenhum agente do departamento espionando ele. Então o Perácio olha para onde ele evitou olhar até agora. O Perácio olha para os rostos dos poucos casais que dançam abraçados no espaço pequeno entre as mesas ouvindo a música lenta e romântica dos Profissionais. O Perácio vê o rosto do Cliente apertadinho no rosto da Lacônica. O Perácio vê os outros rostos de outros dois casais e confirma que são rostos que ele conhece desde que ele chegou em Palankland. Ele não conhece os nomes mas ele conhece os rostos. O Perácio vê então o cabelo ruivo da Cantora e a mão de um homem fazendo um carinho no cabelo dela. O Perácio vê a mão da Cantora tirar a mão do homem do cabelo dela e fica aliviado. Mas o alívio só dura um instante porque a mão do homem toca de novo no cabelo dela e o Perácio não gosta. E o Perácio vê os corpos da Cantora e do homem que está dançando com ela girarem e vê que a outra mão do homem está apertando firme a cintura da Cantora e o Perácio não gosta. O Perácio percebe que a mão do homem que está dançando com a Cantora faz de conta que escorrega um pouco e chega bem perto da bunda dela. O Perácio não gosta nem um pouco daquilo. O Perácio vê a boca do homem cochichar alguma coisa na orelha da Cantora e vê que ela levanta o ombro na direção da orelha como ela sempre faz quando sente um arrepio no pescoço. O Perácio não gosta nada daquilo e caminha na direção dos dois. O Perácio chega bem perto dos dois para ver de perto a cara do filho da puta que está querendo comer a mulher dele. O homem olha para o Perácio e arregala os olhos. O Perácio vê os olhos arregalados do homem e arregala os olhos também. O Perácio conhece aquele rosto. O Perácio só viu uma vez aquele rosto mas ele nunca ia se esquecer do rosto que foi o primeiro rosto que ele viu quando chegou naquela cidade. É o rosto do homem da mala da rodoviária. É o rosto do homem que entrou na rodoviária carregando uma mala quando o Perácio saiu da rodoviária carregando uma mala e a mala do homem e a mala do Perácio eram idênticas. E o Perácio lembra que aquele homem que pensou que o Perácio estava tentando roubar a mala dele estava agora tentando roubar a mulher dele. A Cantora era a mulher do Perácio. Ninguém sabia nem podia saber mas isso não mudava o fato de que aquela mulher era a mulher dele e nenhum filho da puta maníaco por malas tinha o direito de passar a mão no cabelo dela e de apertar a cintura dela e de escorregar a mão na bunda dela e de cochichar sacanagens na orelha dela para ela ficar arrepiada. O Perácio não mediu as consequências. O Perácio perdeu a ponderação. E o Perácio foi até onde a Cantora e o homem da mala estavam dançando e puxou a Cantora para longe do homem da mala e levou ela para o canto mais escuro do pub e deu um beijo na boca dela e passou a mão nos peitos e na bunda dela e ela gostou e o Perácio só percebeu o tamanho da besteira que ele tinha feito quando ele viu que o homem da mala estava espiando o que ele e a Cantora estavam fazendo. E o Perácio não tinha como disfarçar. E a Cantora viu o pânico do Perácio e viu que ele estava em pânico porque o homem da mala estava vendo tudo. E a Cantora riu do Perácio e tentou aliviar o pânico do Perácio dizendo que aquele cara era um babaca que de vez em quando vinha até a cidade e que sempre que ele vinha ele tentava comer ela mas ela nunca tinha dado para ele e nunca ia dar para ele nem para mais ninguém porque era só para o Perácio que ela gostava de dar. A Cantora disse que ninguém na cidade sabia o que aquele cara vinha fazer na cidade e que ninguém gostava muito de falar com ele e que ele como sempre só ficava um dia e que provavelmente ele ia embora amanhã mesmo sem contar para ninguém o que ele tinha visto acontecer com o Perácio e a Cantora. Mas o Perácio não se acalmou. O Perácio viu no olhar descortês do homem da mala o desejo e o despeito. O Perácio leu no sorriso no canto da boca do homem da mala a malícia e a maldição. O Perácio só não entendeu que aquele olhar e aquele sorriso eram o sinal que ele tinha procurado nos rostos das pessoas nas ruas da cidade e nas mesas do pub antes de ele arrancar a Cantora dos braços do homem da mala. O Perácio não pensou na coincidência das malas na rodoviária. O Perácio não pensou na coincidência do desejo pela mesma mulher. O Perácio não percebeu que o olhar e o sorriso do homem da mala já tinham sido em um outro lugar e em um outro tempo o olhar e o sorriso do próprio Perácio. E como o Perácio não percebeu nada disso ele também não percebeu o pior. Ele não percebeu que aquele olhar do homem da mala que um dia tinha sido também o olhar dele era o mesmo olhar do inimigo. Os inimigos dos agentes do departamento e os agentes do departamento eram idênticos como a mala do Perácio e a mala do homem da mala da rodoviária de Palankland. Um ia para um lado o outro ia para o outro era um contra o outro mas no fim um era como o outro. Três letras e tzares tremem. O Perácio sabia disso. Mas o Perácio tinha muito pesadelo. E quem tem muito pesadelo muitas vezes não sabe dizer a diferença entre o sonho e a realidade. O Perácio não sabia o que estava esperando por ele e que o tempo dele naquela cidade estava acabando. Três letras e tzares tremem. O condor voa alto como só o condor voa. E as traições de um são a tragédia do outro. Era assim que funcionava. O Perácio podia ter evitado o que aconteceu com ele se ele tivesse seguido o protocolo dele. O Perácio sabia o que o departamento ia fazer com ele se o departamento descobrisse a falha no protocolo da missão dele e o Perácio pensava que se isso acontecesse a tragédia seria só dele. O Perácio não pensou em ressentimentos e ciúmes e em condores e traições. O Perácio podia desconfiar que o homem da mala era um homem do departamento. E o Perácio não desconfiou. O Perácio não podia imaginar que o homem da mala que ele não desconfiou que era um homem do departamento podia ser também um traidor a serviço do condor. E o Perácio não imaginou. O Perácio podia ter desconfiado que o homem da mala era um agente mas não podia ter imaginado que o agente da mala era um agente duplo. Nem em sonho o Perácio podia saber que a tragédia dele ia ser também a tragédia de todos.

[29.]

Tive a impressão que o senhor Zoyoz Dubois estava olhando para mim, enquanto o Perácio media a distância entre os enormes olhos dele com um instrumento que naquele momento, lembro, pensei ter visto antes no consultório da minha oftalmologista. Os olhos do senhor Zoyoz Dubois me olhavam com a intensidade dos olhos de um monstro de filme de terror.

Eu me lembro de ter comentado com Duó e Olga que nós podíamos pensar em fazer um filme de terror com alguma das histórias do relato que íamos ouvir juntos. Eu disse isso antes de ouvirmos juntos o relato e portanto muito antes de Duó ter as enxaquecas e de Olga ter partido para Georgetown. Ambos deram risadas quando ouviram a minha sugestão, e eu fiquei envergonhado de ter pensado em tal possibilidade. Mas ao final não se trata mesmo de uma história de terror o que aconteceu com Olga? Não é isso que tentam me dizer os sonhos que eu tenho desde então com ela?

O sonho que eu tive na noite passada – quando eu finalmente dormi, não sei depois de quantas noites sem sono –, que é o sonho que eu quero contar para

Olga quando eu telefonar novamente para a prisão de Tel-Aviv e conseguir me comunicar com meu parco hebraico com o cara que atender o telefone, é um sonho de terror, de terror como em um filme de terror, quero dizer.

Eu estou com Olga e com Duó na rua do bairro do Ipiranga onde eu cresci e algumas casas são iguais à minha lembrança das casas da minha infância. Outras casas são diferentes das casas da minha lembrança e parecem ser casas premiadas em algum concurso de arquitetura. A minha casa é a mesma casa da minha lembrança da minha infância, enquanto as casas em frente, do outro lado da rua, são casas muito modernas e de uma cor de terra que eu não lembro de ter visto antes em lugar algum.

São muitas casas iguais, uma depois da outra, todas muito modernas, nenhuma parecida com nada em minha lembrança da minha infância. Até que acabam as casas novas e começam novamente as velhas casas da memória da minha infância. E a última casa moderna é diferente das outras porque ela tem na lateral um quintal grande, com um piso que é o piso de pedra vermelha das casas velhas da infância da minha memória. O quintal tem um varal com roupas penduradas exatamente como eu lembro que eram as roupas e os varais da memória da minha infância. Eram assim as roupas e os varais. Exatamente assim eles eram, se é que se pode confiar na memória da lembrança que se tem da infância. E então eu digo para Duó e Olga que eu queria viver naquela casa porque naquela casa tem um quintal para as crianças brincarem. Eu não tenho filhos no sonho porque no sonho eu sou ainda muito novo, mas eu preciso de uma casa com quintal para os filhos brincarem, eu penso, no sonho. Eu sou ainda um menino no sonho e Olga e Duó também são duas crianças, mesmo todos nós tendo a mesma cara do tempo em que ouvimos juntos o relato de CFD, mas eu não penso nisso no sonho.

Eu só penso que eu estou com fome e em quando vai chegar a comida que nós pedimos para alguém trazer quando Olga aponta para um caminhão estacionando e avisa que a comida chegou. Nós três saltamos para o alto do compartimento de carga do caminhão e vemos que as duas portas que ficam em cima do compartimento estão abertas e dentro do compartimento está a comida que nós pedimos: gigantescos frangos assados e destrinchados que nós começamos a comer ali mesmo em cima do caminhão. Gigantescos considerando-se que são frangos. Fossem vacas, os pedaços de frango não teriam nada de anormal. Mas não são partes de vacas que estão assadas e guardadas no compartimento de carga do caminhão. São pedaços de frangos assados e eu penso em como seriam aquelas aves de proporções gigantescas se estivessem vivas e inteiras enquanto eu como e comento com Olga e Duó que nós pedimos comida demais e que podemos levar o caminhão até a favela Heliópolis que fica ali pertinho e distribuir os pedaços de frango para as crianças pobres que moram lá.

Olga e Duó não têm tempo de comentar a minha ideia porque um crocodilo gigante salta do compartimento de carga e começa correr em cima do caminhão como um cachorro bravo que escapa da coleira. Olga e Duó estão apavorados com o crocodilo. Eu acho o bicho engraçado. O animal está claramente tentando comer a gente como a gente comia os pedaços de frango mas ele parece perdido e sem direção quando ataca e não consegue pegar ninguém. Ele passa perto da perna do Duó. Mas não a morde. Ele pula no pescoço da Olga. Mas ela escapa.

Eu começo então a provocar o bicho como se aquilo fosse uma tourada e Olga fica apavorada. Olga e Duó se atiram no compartimento de carga do caminhão e se misturam com os pedaços enormes de frangos assados gigantes. Eu me equilibro na borda da abertura por onde eles pularam e imploro para eles saírem de lá e eles não me ouvem porque eles já se misturaram com a comida e eu já não sei mais dizer onde acabam os frangos e onde começam meus amigos. Só então eu me dou conta de que aquilo não é uma brincadeira e o crocodilo salta sobre mim e abocanha a minha cabeça e caímos juntos no compartimento de carga onde estão os pedaços de Olga e de Duó e de frangos.

E eu sei agora por que eu preciso ligar para Tel-Aviv e contar o sonho para Olga. Sem nenhuma droga para blindar o meu cérebro eu sei agora o que essa porra desse relato dessa voz sinuosa fez com a cabeça dos meus amigos e está fazendo com a minha cabeça agora. Eu deveria queimar estas fitas e apagar este arquivo. Mas eu dei a minha palavra e eu não posso faltar com a minha palavra.

[NOTA PARA O EDITOR: Pascoal, retiro o que eu disse sobre o capítulo 27.]

[30.]

– A Cantora um dia disse para o Perácio que estava sentindo uma premonição ruim. O Perácio não acreditava em premonição e não tinha motivo para pensar em nada de ruim quando ele estava sozinho com a Cantora. Quando ele estava só com a Cantora o Perácio nem se lembrava mais da história do homem da mala. Nem da história do pub nem da história da rodoviária. O Perácio tinha esquecido tudo que era ruim. A vida do Perácio na Cidade dos Palanques voltou ao normal. Ele seguia o protocolo que ele mesmo tinha criado para ninguém perceber que ele tinha quebrado o protocolo que o departamento tinha criado para proteger as operações. Todo mundo pensava que o Perácio era casado de verdade. Ninguém percebia que ele e a Cantora se amavam e passavam juntos as noites no quarto do hotel dele ou no quarto dela no mesmo hotel. Nem o pessoal do hotel percebia. O Perácio tomava todos os cuidados para ninguém perceber e nem se lembrava mais do homem da mala e das coisas que tinham acontecido fazia um pouco mais de uma semana. A vida que o Perácio estava levando para ele era um sonho e ele nem se lembrava mais dos pesadelos que ele tinha antes. Para o Perácio a vida com a Cantora era um sonho mas a Cantora um dia acordou dizendo que estava sentindo uma premonição ruim. O Perácio não acreditava em premonição nem em sonhos premonitórios. O Perácio nunca pensou que o sonho da rodoviária que ele teve antes de chegar em Palankland era uma premonição do encontro dele com o homem da mala na rodoviária da Cidade dos Palanques. O Perácio nunca pensou que o encontro dele com o homem da mala na rodoviária da cidade onde ele agora vivia feliz com a Cantora como se fosse um sonho bom que ele nunca tinha sonhado que ele pudesse ter pudesse ser uma premonição do que tinha acontecido não fazia nem uma semana no pub nem jamais imaginaria que aquilo que tinha acontecido no pub pudesse ser uma premonição de alguma coisa muito menos do que estava a ponto de acontecer naquela mesma manhã naquele mesmo quarto de hotel. A verdade é que não tinha nada de premonição no encontro do Perácio com o homem da mala na rodoviária quando o Perácio chegou na cidade nem no reencontro dos dois no pub da mesma cidade um pouco mais de uma semana antes de a Cantora falar de premonição. Nada disso era premonição mas uma coisa era prenúncio da outra e uma coisa estava ligada na outra e era fácil perceber que as duas coisas só podiam ter uma consequência para a vida do Perácio que ele não percebeu. O Perácio não mediu as consequências do que ele fez nem parou para pensar nos prenúncios quando a Cantora começou a falar de premonição e o Perácio deu uma risadinha que fez ela perceber que ele achava aquilo uma bobagem. Foi então que ela contou para ele aquele sonho que acontecia na cidade que estava virando um imenso cemitério que é onde ela encontra um homem que se parece com o ex-marido dela e acorda do sonho depois que ela prova para o homem do sonho que aquilo é só um sonho e o homem do sonho é um homem que se parece com o Perácio e é por isso que ela acha que o sonho foi uma premonição do encontro dela com o Perácio naquela cidade onde eles estão agora. O Perácio entende por que a Cantora acha o sonho uma premonição do encontro deles mas ele pensa em outra coisa que faz ele sentir uma sensação que ele não sabe explicar mas que ele entende que é ruim. Se o Perácio acreditasse em premonição ele ia dizer que ele estava sentindo uma premonição ruim de algo que ele não sabia dizer o que era. Mas o Perácio não acredita em premonição e então ele não sabe definir a sensação ruim que ele está sentindo mas ele sabe que tem a ver com o que ele está pensando. O Perácio pensa na coincidência que tem no sonho. O Perácio pensa que o que acontece no sonho da Cantora é que ela encontra um marido em uma cidade que está virando um cemitério e que foi no cemitério da cidade onde por conta do Perácio os caixões são desenterrados do cemitério para virar palanques e que foi por conta disso que o Perácio e a Cantora foram vistos no cemitério pelo Abscorpz e foi só porque o Perácio teve que intimidar o Abscorpz para ele não contar para ninguém que o Perácio e a Cantora estavam namorando que o Abscorpz foi contar para ele que um homem estava agarrando a Cantora no pub e o Perácio ficou com ciúme e foi até o pub acertar as contas com o homem e descobriu que o homem que estava tentando agarrar a Cantora era o mesmo homem da mala que foi a primeira pessoa que ele viu quando chegou na cidade e que também foi a única pessoa da cidade além do Abscorpz que viu que o Perácio estava namorando a Cantora. E quando eu começo a relembrar o sonho inteiro da Cantora parte por parte eu penso que eu sei o que o Perácio pensou. Quando eu relembro a parte do sonho em que a Cantora encontra o homem cavando a cova e o homem que cava a cova é o mesmo homem que mostra para ela a pilha de caixões com cadáveres e a pilha de cadáveres sem caixão eu penso que o Perácio pode ter pensado que o homem que cava a cova no sonho tem um rosto que ele e eu e você conhecemos muito bem. É o rosto do homem de cabelo comprido e da pele que parece pele de índio. Ele enterra os bichos mortos naquele tanque de areia. Aqui ele se chama senhor Zoyoz Dubois mas em Palankland ele se chamava Abscorpz e trabalhava escondido na operação do Perácio fazendo coisas que o Perácio mandava ele fazer. Ele era o coveiro da cidade e desenterrava os mortos para usar a madeira para construir palanques em cada esquina da cidade. A mesma cidade onde tudo começou. A mesma cidade onde o Perácio viu escrito pela primeira vez o nome Roger G. Towne depois de encontrar o homem da mala. A mesma cidade para onde o Perácio foi depois de me contar o último sonho que ele me contou pessoalmente. O mesmo sonho que ele teve um pouco antes de me encontrar e que poderia mesmo ser um sonho premonitório do encontro dele com o homem da mala que foi o homem que fez o Perácio pagar pelo erro de não ter medido as consequências do que ele estava fazendo com a Cantora no meio da operação dele com o homem que queria transformar aquela cidade na cidade dos palanques e ser para o Brasil o que o Roger G. Towne tinha sido para aquela cidade por ter feito por aquela cidade seja lá o que foi que ele fez que eu não sei o que é nem me interesso em saber porque até onde eu sei como funcionam as operações como as que o Perácio fazia e eu também fazia pode muito bem ser que nem seja Roger G. Towne o nome da rua como é o nome que aparece nos pesadelos do Perácio nem que aquela cidade seja uma cidade inglesa como o Perácio disse porque tudo pode ser só um código que esconde uma outra coisa completamente diferente como você vai perceber que é possível quando eu contar a última parte do que eu tenho que contar para você. Tudo pode ser um código como era um código a aliança que o Perácio usava para as pessoas pensarem que ele era casado de verdade como ele está agora usando no exato momento em que a Cantora acaba de contar para ele o sonho que ela achava que era premonitório. O Perácio fica confuso com a aliança no dedo dele porque o protocolo dele era tirar a aliança do dedo sempre que ele ficava sozinho com a Cantora porque ela sabia que ele não era casado de verdade. Mas a aliança está no dedo dele e o Perácio tenta entender como foi possível ele quebrar o protocolo e é nesse exato momento que ela entra no quarto. O Perácio ainda não sabe que ela se chama Elle. O Perácio ainda não começou a pensar que ele pode mesmo ser casado de verdade. Ele não sabe quem é aquela mulher que ele nunca antes viu e que chama ele pelo nome dele. Mas pelo jeito que ela fica escandalizada e começa a chorar e chama a Cantora de vagabunda e dá um tapa muito forte na cara do Perácio o Perácio pensa por um instante que se ele fosse mesmo casado de verdade aquela mulher poderia mesmo ser a mulher dele de verdade. Mas o Perácio sabe que ele não é casado de verdade e ele precisa provar que isso é verdade antes que a Cantora termine de se vestir e saia do quarto. O Perácio olha para a aliança dele e entende o que ele tem que fazer. Ele diz para a Cantora que aquilo é só um pesadelo e pergunta para ela que dia é hoje. A Cantora diz para o Perácio que para ela ele ser casado de verdade é mesmo o pior pesadelo dela. A mulher que diz que é a mulher do Perácio diz que hoje é quarta-feira. A Cantora diz que ela está certa e o Perácio sabe que ela está certa. A mulher que diz que é mulher do Perácio e que ele ainda não sabe que se chama Elle dá outro tapa na cara do Perácio e manda a Cantora sair do quarto chamando ela de vagabunda mais uma vez. O Perácio quer pedir para a Cantora não sair mas ele não consegue. E mesmo ele duvidando que ele possa ser mesmo casado de verdade a tragédia que a mulher que diz que é mulher dele conta para ele na frente da Cantora esfria a espinha do Perácio e faz a Cantora começar a chorar. O Perácio sabe que ele nunca mais vai ver a Cantora na vida dele. O Perácio vê a Cantora no canto esquerdo do quarto andar até a porta do quarto sem terminar de se vestir direito. O Perácio olha para a mulher parada na frente dele que olha para ele com ódio e lágrimas nos olhos. O Perácio não sabe explicar por que ele sente pena dela. O Perácio então começa a pensar que ele pode ser mesmo casado de verdade e que a verdade é que aquela mulher pode ser mesmo a mulher dele. Ele não pensa no homem da mala no pub. Ele não pensa no departamento nem na operação que ele não terminou. O Perácio só consegue pensar que antes de conhecer a Cantora ele nunca quis se casar mas que ele sempre quis ter um filho e que o filho que ele não sabia que ele tinha com aquela mulher com quem ele não sabia que era casado tinha morrido. O Perácio sentiu vontade de sentir vontade de chorar mas ele não conseguiu chorar. Ele viu a Cantora chorar enquanto ela saía do quarto e ele sabia que agora que Elle estava entre eles ela nunca mais ia ficar do lado dele. O Perácio sentiu vontade de sentir vontade de chorar pelo sofrimento da Cantora mas ele não conseguiu. Entre querer sentir vontade de chorar pela morte do filho que ele não sabia que ele tinha e querer sentir vontade de chorar pelo fim da vida que ele tinha sonhado em começar com a Cantora o Perácio perdeu a vontade de viver. Tudo o que ele queria era estar morto como o filho morto que ele não conhecia. Foi assim que começou a dar certo o que eles começaram a fazer com o Perácio e que acabou fazendo o Perácio terminar aqui do jeito que ele terminou. O Perácio não fala mais. Três letras. Tzares tremem.

Eu não sei se eu deveria contar tudo o que eu sei que aconteceu com Olga Haagam depois que ela sumiu de Georgetown para onde ela tinha ido depois de ouvir as fitas com o relato da história do Perácio na voz sinuosa de CFD. No momento em que Olga sumiu levando as fitas eu soube que eu nunca mais iria vê-la novamente. Eu não a vi mais mesmo mas eu sei o que aconteceu com ela ainda que eu não saiba como isso aconteceu e muito menos por quê.

Eu sei que para Olga o relato era um enigma que ela tentava decifrar e talvez ela tenha decifrado e talvez isso explique as coisas que aconteceram com ela e que a fizeram ir parar lá onde ela está agora. Olga está em uma prisão em Tel-Aviv e nem sempre eu consigo falar com ela porque nem sempre o cara da prisão que atende o telefone entende o que eu digo em hebraico. Penso que quando falo em hebraico o que eu digo não significa que eu quis dizer o que eu disse e ninguém me entende como sempre.

Olga não pode mais sair da prisão mas ela pode falar. Eu posso andar por aí livre e solto mas eu não posso falar sobre tudo o que aconteceu com Olga porque eu simplesmente não sei tudo. Eu sei de algumas coisas.

Eu sabia que Olga estava em Seattle e que ela iria de lá para a Faixa de Gaza com a minha amiga Yedida porque a minha amiga Yedida me contou. Conheci Yedida Ramazinova Romaninova em um bar de Madri onde ela vivia há oito anos e para onde eu tinha me mudado há poucos meses em 1991. Yedida e eu ficamos muito amigos e somos amigos até hoje apesar de ela ter voltado para Seattle muito tempo depois de eu ter voltado para São Paulo. Quando Yedida me conheceu um pouco melhor em Madri ela me perguntou se eu tinha certeza de que eu não era judeu e ela comentou isso com Olga quando elas se conheceram em Seattle e Olga disse que a mãe dela perguntava sempre a mesma coisa para mim.

Yedida me telefonou para me contar que uma ativista brasileira havia se juntado à organização dela: a organização Deliverance for Children ou alguma coisa assim. Antes que Yedida me contasse que elas estavam de malas prontas para irem juntas à Faixa de Gaza onde elas iriam prestar ajuda humanitária às crianças palestinas e protestar pacificamente contra a ocupação israelense eu perguntei a Yedida em tom de desespero como estava Olga. Eu pensava que ela estivesse morta e agora que Yedida me contava que ela estava viva eu queria desesperadamente saber se ela estava bem. Yedida não entendeu o meu desespero porque para ela Olga parecia ser uma judia nascida no Brasil consciente e engajada e absolutamente normal. Olga não era nada disso eu disse para Yedida. Olga não se importava com Israel nem com a Palestina e não sabia nada da Torá e do Talmude e a mãe judia dela dizia na frente dela que eu parecia ser duas vezes mais judeu que ela. E Yedida me respondeu que as pessoas mudam e às vezes as pessoas mudam para melhor e que eu deveria fazer algo de útil com a minha vida também em vez de ficar escrevendo as bobagens que eu escrevia. Eu agradeci a Yedida pela notícia e pedi para ela cuidar bem de Olga na Faixa de Gaza e para ela se cuidar também e para ela pedir a Olga que me telefonasse por favor porque eu sabia que ela não iria atender meus telefonemas. Eu deveria ter avisado Yedida de que algo ruim poderia acontecer.

E foi mesmo o que aconteceu. Yedida me deu o telefone de Olga e Olga nunca atendeu os meus telefonemas nem respondeu a meus e-mails enquanto ela estava em Seattle e eu pensava que ela fazia isso porque ela me odiava mas depois do que aconteceu no assentamento de colonos judeus eu acho que Olga queria na verdade me proteger. Eu perguntei para ela se era essa a explicação quando eu finalmente consegui falar com ela pelo telefone depois que ela já estava na prisão de Tel-Aviv mas ela não me respondeu. Ela só me perguntou se eu tinha recebido o pacote com as fitas do relato e o que eu tinha feito com as fitas. Eu disse que a mãe dela tinha me trazido o pacote de Georgetown mas eu não tive coragem de dizer para Olga que a mãe dela tinha morrido de tristeza e de câncer. Eu não tinha coragem de fazer nada que fizesse Olga sofrer. Ela sabia disso e me dizia que eu era duas vezes mais mãe judia do que a mãe judia dela. Olga não me perguntou pela mãe e eu não lhe disse que ela não existia mais.

Olga só queria saber o que eu tinha feito com as fitas do relato e eu disse que elas estavam guardadas e foi então que ela me disse que eu tinha que transcrever as fitas e publicar o relato de CFD antes que eles encontrassem as fitas e sumissem com elas. Eles? Eu perguntei de novo: eles? Olga não respondeu e disse que não podia falar mais e desligou o telefone e agora Pascoal você sabe por que eu insisti tanto para que você publicasse o relato e por que eu estou fazendo o que eu estou fazendo.

Eu estava tentando lhe dizer que eu menti antes para você na carta que você não leu porque eu não fui a Veneza naquele dia e não enviei a carta para você. Eu menti para você sobre as razões que me levaram a levar até você a ideia de publicar o relato de CFD. Você não sabe que eu menti porque você não leu a mentira da minha carta porque eu não mandei a carta. A verdade é que o que estou fazendo é o que Olga me pediu para fazer e eu sempre faço o que ela me pede. Eu sempre faço o que eu tenho que fazer. Eu nunca deixei de fazer o que eu tinha que fazer em nenhuma das operações que eu fiz. E minha operação na cidade de Cavarzere é transcrever o relato por Olga e entregar o relato para você.

Eu não consigo parar de pensar no que pode acontecer se este relato for publicado e o que a publicação do relato tem a ver com o que Olga tentou fazer no assentamento judeu. Eu não consigo parar de tentar entender a relação entre a operação do Perácio na cidade que ele chamava de Palankland e o atentado frustrado no assentamento judeu e no que o sonho do crocodilo no caminhão de frango da minha infância está tentando me dizer na forma de um enigma.

Eu sabia que Olga ia para a Faixa de Gaza e que DFC era uma organização de resistência pacífica e que Yedida era capaz de fazer qualquer coisa que uma judia como ela pudesse fazer para infernizar o estado de Israel mas ela jamais ajudaria alguém a colocar uma bomba em um assentamento de colonos judeus.

Yedida foi deportada de Israel por causa de Olga mas Olga não foi deportada. Olga não pode sair da prisão e eu não posso falar tudo sobre ela porque eu não sei tudo o que aconteceu com ela. Eu preciso telefonar para ela mas eu não sei se os caras da prisão vão entender o que eu disser quando eu falar com eles em hebraico.

Olga foi mandada para aquela prisão de Tel-Aviv de onde ela talvez só saia morta e tudo é culpa deste maldito relato. Eu já disse que eu deveria queimar essas fitas e apagar este arquivo? Eu não me lembro. Eu não lembro se eu disse o que o Perácio mediu porque eu estava ocupado trocando a fita no gravador que agora está no colo de CFD mas eu sei o que o que o Perácio mediu agora há pouco. A fita virgem já está rodando no gravador no colo de CFD pronta para ser deflorada pela voz sinuosa do cara que fala demais. Eu preciso ligar para Olga e contar para ela que eu estou quase acabando de transcrever as fitas. Eu preciso acabar de transcrever as fitas e eu preciso falar com Olga. Eu preciso prestar atenção para transcrever palavra por palavra o que CFD começou a falar depois que o Perácio terminou de medir a circunferência do relógio de pulso dele com o paquímetro e anotou a medida em um dos caderninhos e olhou para mim como se estivesse me avisando que meu tempo estava acabando.

[32.]

– Sem vontade de viver o Perácio pensou que ele poderia mesmo ser casado com aquela mulher que ele não se lembrava de ter visto nunca na vida porque depois que ela falou com ele no quarto do hotel ela só falou com ele mais uma vez na vida. Quem contou para o Perácio que ela se chamava Elle foi o amigo do Perácio que ele também não se lembrava de ter visto nunca na vida e que dizia que era o melhor amigo dele. O Tiburtino era o melhor amigo do Perácio e foi ele que ajudou a Elle a aguentar o sofrimento de acompanhar a morte lenta do filho no hospital onde ele morreu depois que ele foi esfaqueado por um trombadinha em uma rua da cidade para onde Elle levou o Perácio de carro depois que ele fez as malas e saiu do hotel apressado antes que o exército chegasse ou antes que a polícia política chegasse. O medo daquele exército e daquela polícia era a única coisa que o Perácio sentia de verdade enquanto ele ia abaixado no banco de trás do carro que Elle dirigia para fora da cidade. O Perácio espiava com cuidado de vez em quando pela janela o que estava acontecendo enquanto Elle tirava ele da cidade. O Perácio viu caminhões do exército e soldados. O Perácio viu os soldados quebrarem e queimarem os palanques nas esquinas das ruas. O Perácio viu o homem da mala algemar o Cliente e colocar o Cliente dentro de um carro preto e outros homens com roupas iguais às roupas do homem da mala fazerem a mesma coisa com a Lacônica. O Perácio não viu a Cantora. O Perácio não viu Os Profissionais. Mas ele viu condores saírem do Pub N. C. Hower's Hope carregando coisas. E as coisas que eles carregavam eram corpos embrulhados em plásticos pretos. E o Perácio contou chorando cinco corpos embrulhados sendo jogados na caçamba de um caminhão do exército. E pelo barulho que fazia cada embrulho ele sabia de quem era o corpo que era jogado na caçamba do caminhão. O Perácio pensou nas orelhas do Bigorelhas. Para a caçamba: pumba. E nos cachos dourados do Exu Loiro. Na caçamba: pemba. E na carapinha do Exu Preto. Caçamba: pimba. E na cabeça de ovo do Sampaio. Pum. O quinto embrulho fez um barulho que o Perácio não conseguiu ouvir e o Perácio então fechou os olhos. O Perácio não pensou em mais nada. O Perácio só abriu os olhos quando o carro já estava na estrada. E ele viu na estrada mais caminhões do exército e mais soldados arrastando os corpos dos camponeses mortos da liga dos camponeses que moravam na área rural da Cidade dos Palanques. Foi com dor que o Perácio percebeu que a operação dele tinha falhado por culpa dele e a dor desse fracasso era a única coisa que ele sentia de verdade mesmo ele não conseguindo parar de pensar no filho que ele não sabia que ele tinha e que estava morto nem na Cantora por quem ele era tão apaixonado e que estava embrulhada em um plástico preto chacoalhando na caçamba de um caminhão do exército. O Perácio percebeu que se Elle não tivesse aparecido e estragado o sonho dele com a Cantora ele ia ser preso e ia ser torturado. Ele ia estar morto como o filho que ele teve com Elle e como a Cantora com quem ele queria ter se casado e depois ter filhos com ela. O Perácio sentiu uma imensa gratidão por Elle ter salvado a vida dele quando ela arruinou a vida dele. O Perácio então não sentiu mais nada e não viu mais nada. Quando o Perácio viu ele já estava na sala da casa da cidade para onde Elle tinha levado ele que parecia ser mesmo a casa dele porque tinha fotos dele com Elle e com o filho morto desde que o filho era bebê até quando o filho parecia ser um menino de treze anos que deve ser a idade que o filho tinha quando ele morreu depois de ser esfaqueado por um trombadinha em uma rua daquela mesma cidade onde o Perácio está agora. O Perácio está sentado em uma poltrona escutando o Tiburtino contar como foi difícil para Elle ficar sem o Perácio enquanto o filho morria no hospital. O Tiburtino é o melhor amigo do Perácio e vai fazer tudo o que o Perácio precisar que ele faça para o Perácio superar esse momento difícil mas como amigo dele ele não pode deixar de dizer que o Perácio não podia ter feito com a Elle o que ele fez naquele momento tão difícil. O Perácio foi egoísta. O Perácio esfacelou a confiança de 17 anos de casamento. O Perácio pensa que ele talvez seja ainda muito jovem para ter sido casado tanto tempo mas ele não sabe o que dizer para o Tiburtino. Cada vez que ele pensa em dizer alguma coisa o telefone da casa toca e o Perácio se apavora e Elle atende e ela fala aos sussurros e o Perácio não entende nada. E cada vez que Elle passa pela sala ela olha para o Tiburtino e o Tiburtino olha para ela e um sorri para o outro e o Perácio sente ciúme mas ele não sabe dizer se ele tem ciúme dos dois porque ele não consegue compartilhar aquela dor que os dois parecem sentir ou se é porque ele se lembra do homem da mala dançando com a Cantora no pub. Ele quer contar para o Tiburtino o que aconteceu entre ele e a Cantora na esperança de ele entender o que aconteceu por ser ele o melhor amigo do Perácio e não julgar mal o Perácio por ele ter apenas seguido o desejo dele que era o desejo de quem pensava ser solteiro. O Perácio sabe que quebrou o protocolo quando ele se envolveu com a Cantora mas o protocolo que ele quebrou é o protocolo do departamento e não o protocolo do casamento. Pelo menos é isso que ele pensa e é isso que ele sente vontade de dizer para o Tiburtino que é o melhor amigo dele segundo diz o Tiburtino. Mas o Perácio não pode dizer isso para o Tiburtino mesmo sendo o Tiburtino o melhor amigo dele mesmo porque o protocolo do departamento diz claramente que um agente não fala sobre o departamento nem para o melhor amigo dele e nem para a mulher dele se ele for casado como agora parece ser o caso do Perácio mesmo ele não se lembrando do casamento nem de como ele conheceu Elle que até que é uma mulher bonita e sedutora e o Perácio imagina que não seria difícil ele se apaixonar por uma mulher como Elle e viver feliz o resto da vida ao lado de Elle mas ele entende que isso agora não é mais possível porque se algum dia Elle foi apaixonada por ele Elle agora só sente ódio pelo que o Perácio fez com ela. Elle nunca vai perdoar ele e ele sabe disso porque Elle viu o Perácio na cama com a Cantora e não admite nem perdoa o fato de ele ter deixado outra mulher se meter entre eles principalmente no momento em que Elle perdeu o filho que era deles. O Perácio começa a sentir culpa pelas coisas que ele fez sem saber que fez. Sem saber que as coisas que ele fez podiam ser terríveis para alguém como eram para Elle. Ele logo esquece o fracasso da operação e o fracasso do sonho que ele tinha com a Cantora. Ele olha para as fotos do filho morto e ele não sente nada a não ser a culpa de ter feito alguma coisa de errado que ele já nem lembra muito bem o que era. O Perácio olha agradecido para o Tiburtino quando o Tiburtino se levanta e entrega para ele um pedaço de papel com o telefone dele e diz que o Perácio pode ligar para ele quando quiser a qualquer hora se ele precisar falar com ele porque sendo ele o melhor amigo do Perácio ele vai atender e vai conversar com o Perácio e vai ajudar o Perácio a superar esse momento difícil. O Perácio olha para o número do telefone no pedaço de papel e nunca mais se esquece do número. Assim como ele nunca se esqueceu do meu número e sempre ligou para mim mesmo depois de ligar para o Tiburtino para me contar o que estava acontecendo com ele e o que ele pensava e o que ele sonhava. E naquela noite o Perácio sonhou com o Tiburtino. Aconteceu um acidente. O melhor amigo do Tiburtino que é o Perácio está todo ensanguentado caído no chão. O Perácio que sonha não se sente o Perácio do sonho. O Perácio do sonho parece que está morto mas o Perácio que sonha não sente que está morto e percebe que o Perácio do sonho também não está morto. O Tiburtino no sonho acha que o Perácio do sonho deve estar quase morto porque ele está muito machucado e em volta dele estão uns homens. Uma meia dúzia de homens vestidos de preto de um jeito que a primeira coisa que vem à cabeça do Tiburtino que é a mesma coisa que pensa o Perácio que sonha é que aqueles homens são um bando de papa-defuntos esperando o Perácio do sonho morrer como um bando de condores. O Perácio que sonha pensa que eles deveriam ser parecidos com urubus mas o Tiburtino do sonho acha que eles são mais parecidos com condores e o Perácio que sonha nesse sonho pensa sempre o mesmo e sente sempre o mesmo que sente e que pensa o Tiburtino do sonho. Os papa-defuntos não fazem nada para ajudar o melhor amigo do Tiburtino que é o Perácio do sonho e que está quase morto e todo ensanguentado no chão. Eles só ficam olhando para o Perácio esperando o Perácio morrer. O Tiburtino corre até o Perácio todo ensanguentado no chão e vê que ele está mesmo muito mal. O Perácio do sonho está todo cortado e todo quebrado e todo ensanguentado. O Tiburtino fica furioso com os papa-defuntos. Ele pergunta para eles num tom de briga o que é que aconteceu com o melhor amigo dele e como é que eles podem ficar ali olhando o melhor amigo dele morrer sem fazer nada para ajudar. Os papa-defuntos não dizem nada. Eles só apontam todos juntos o dedo para o melhor amigo do Tiburtino que está no chão e que é o Perácio do sonho mas não é o Perácio que sonha. E eles fazem isso de um jeito que parece que eles estão querendo dizer que a culpa foi do Perácio. A culpa é do melhor amigo do Tiburtino. A culpa foi dele. E então o Tiburtino não se controla e parte para cima do primeiro papa-defunto que ele vê pela frente dando socos e pontapés. O papa-defunto dá risada e começa a revidar. E o Tiburtino logo percebe que o papa-defunto é muito mais forte do que ele e que não adianta nada ele bater no papa-defunto porque o papa-defunto não sente nada. O Tiburtino em compensação sente todas as dores do mundo assim como o Perácio que sonha. E logo a dúzia de papa-defuntos que antes era só meia dúzia espanca o Tiburtino. E ele logo se sente mais cortado e mais quebrado e mais ensanguentado que o Perácio do sonho que está no chão. Ele sente que ele está quase morto como quase morto o Perácio está. E o Tiburtino sente que a melhor coisa que pode acontecer agora é ele morrer do lado do melhor amigo dele. Então ele começa a se arrastar pelo chão com os papa-defuntos espancando sem pena. Tem muito sangue na cara do Tiburtino e ele acha que é por isso que ele não consegue ver onde está o Perácio que ele pensa que está morrendo. Até que ele consegue enxugar o sangue da cara e levantar a cabeça e ver que o Perácio está fugindo. Ele não sabe como o Perácio conseguiu se levantar mesmo estando quase morto. Mas mesmo assim ele está fugindo. E mesmo o Tiburtino estando quase morto de tanto apanhar ele consegue ver que o Perácio mesmo fugindo olha para ele e vê que ele está quase morto de tanto levar porrada dos papa-defuntos. E quando ele pede socorro para o Perácio e o Perácio dá risada e vira a cara e continua fugindo o Tiburtino sente um ódio tão grande que tudo o que ele quer é matar o melhor amigo dele que estava quase morto no mesmo lugar onde ele está quase morto agora e é aí que o Perácio que sonha abre os olhos cheio de pavor e de culpa e percebe que ele está deitado na cama do lado da mulher que ele não sabia que era a mulher dele. Elle está dormindo do lado dele em um quarto que ele sabe que é o quarto dele mesmo ele nunca tendo visto antes aquele quarto e o Perácio então lembra sem saber por que ele lembra de que ele sempre me dizia que o pior tipo de pesadelo é o que começa no quarto onde se dorme. E então alguém abre a porta do quarto e entra no quarto e pede para o Perácio não falar nada para não acordar Elle. O quarto onde o Perácio dorme não é muito escuro porque a janela está aberta e entra muita luz por ela e o Perácio percebe que a luz que entra pela janela é a luz do dia e por isso ele pode ver perfeitamente bem que quem entrou no quarto e está parado na frente da cama dele é o melhor amigo dele. Não eu mas o outro amigo que é o melhor amigo do Perácio nessa vida que ele não sabia que tinha. O Tiburtino pede então para o Perácio se vestir e vir junto com ele porque ele tem uma surpresa para o Perácio. E a surpresa é um passeio pelo parque junto com o cachorro do Tiburtino. O Tiburtino não para de falar do cachorro dele que é inteligente como se fosse gente e o Perácio fica irritado. O Perácio pensa que ele não vai conseguir suportar mais nem um pouco o Tiburtino falar o tempo todo como é bonito o cachorro e como corre o cachorro e como come o cachorro e como é grande o cachorro e como late o cachorro e como morde o cachorro e como guarda a casa o cachorro. E o Perácio se irrita cada vez mais e tenta mudar de assunto porque se tem uma coisa que irrita o Perácio essa coisa tem quatro patas e baba e caga na calçada e se chama cachorro. E o Perácio que odeia pisar em cocô de cachorro na calçada tenta mudar de assunto. Mas o melhor amigo dele não se cansa de falar do melhor amigo do homem dele que é o Tibut. É assim que se chama o cachorro que é o melhor amigo do homem do melhor amigo do Perácio como não se cansa de dizer o Tiburtino. O Tibut é o melhor amigo do homem do mundo é o que diz o Tiburtino. Olha lá o Tibut é o que diz o melhor amigo do Perácio apontando para um lugar do parque que é um bosquezinho onde os cachorros de todos os tipos estão mijando todos ao mesmo tempo nas árvores do bosque. E os que não estão mijando parece que estão esperando em volta. Parece até que estão fazendo fila esperando a vez de ir mijar na primeira árvore que vagar. E o melhor amigo do Perácio vai correndo em direção ao bosque dos cães mijões gritando sem parar Tibut-Tibut. E o Perácio acha aquilo nojento e começa a tentar entender por que os cachorros se preocupam tanto em mijar em árvores e postes e não se importam nem um pouco em cagar em qualquer lugar do chão onde as pessoas pisam. Enquanto isso o melhor amigo dele continua correndo como uma besta para o lugar onde deve estar o cachorro dele. Enquanto isso o Perácio vai começando a sentir aquela raiva do melhor amigo dele. Eu quero dizer raiva do Tibut e do Tiburtino ao mesmo tempo. Ele começa a sentir aquela raiva que ele só tinha sentido antes na vida quando viu o homem da mala dançar com a Cantora no pub. Ele lembra por um instante da raiva que ele sentiu naquele momento mas ele não lembra como se fosse uma raiva que ele tivesse sentido mesmo. Ele lembra como se fosse uma raiva que ele tivesse sonhado. E ele não consegue entender por que ele não vai embora de uma vez. Ele não sabe por que em vez de ele ir embora ele continua indo atrás do melhor amigo dele que está indo atrás do melhor amigo do homem dele. O Perácio continua seguindo de longe o Tiburtino que segue correndo na direção do bosque dos cães mijões. E quanto mais ele chega perto do bosque onde já chegou o Tiburtino mais raiva o Perácio sente. O Perácio percebe que o Tiburtino está meio perdido porque não está encontrando o cachorro dele que devia estar lá no meio dos outros mas parece que não está. O Perácio entende o problema do Tiburtino porque mesmo para quem odeia cachorro como ele odeia é fácil perceber por que é difícil para o Tiburtino encontrar o Tibut no meio de tantos cachorros iguais ao Tibut dele. O Perácio lembra que quando ele tinha visto os cachorros mijando de longe eles não pareciam ser todos iguais. De longe eles pareciam diferentes. Pareciam ser de todos os tipos. Pareciam ser dos tipos mais diferentes. E agora de perto eles parecem ser todos iguais. Todos parecem do mesmo tipo. Todos são Tibuts como o Tibut do Tiburtino. E isso faz o Perácio se sentir melhor porque ele percebe que isso está fazendo mal para o Tiburtino. O Perácio começa a torcer para que o Tiburtino nunca consiga descobrir qual é o Tibut no meio de todos aqueles cachorros que ou mijam nas árvores todos de uma vez ou que esperam a vez de mijar. Mas a alegria do Perácio não dura muito. Primeiro porque ele escuta uma criança chorando desesperada e o choro assusta o Perácio. Segundo porque ele perde de vista o Tiburtino e só consegue escutar a voz do Tiburtino dizendo contente Tibut-tibútico ó tibutíssimo-canínico ó ferocivúnico-imaculático ó lupovínivo ó condicionático-pavlovínico-mimético e o deleite da voz do Tiburtino é um açoite no ouvido do Perácio. Terceiro porque ele procura o Tiburtino tentando descobrir de onde está vindo a voz dele mas é difícil prestar atenção na voz porque o Perácio escuta ao mesmo tempo a criança chorando desesperada. E quarto porque quando ele finalmente encontra o Tiburtino fazendo carinho em um cachorro grande e feio e igual a todos os outros que estão mijando ou querendo mijar nas árvores do bosque mas que sem dúvida é o Tibut do Tiburtino é que vem o pior. E o pior é que o cão tem na boca um pedaço de um pequeno braço cheio de sangue. E pior ainda é que perto deles está a criança que está chorando desesperada. E o pior de tudo isso é que está faltando na criança um pedaço de braço que só pode ser aquele pedaço de braço ensanguentado que o Tibut do Tiburtino tem na boca. E o Perácio não aguenta ver o melhor amigo dele tratando como um filho aquele cachorro assassino. E quando ele diz isso bem alto e bem bravo o Tiburtino diz que o Tibut não fez nada de errado e que a culpa é da criança que foi mexer com o Tibut. Não é Tibútico? Ó mandibulático ó peremptório ó babuvínico diz o Tiburtino acariciando a besta sanguinária e fazendo o Perácio sentir mais raiva do melhor amigo dele e ficar ainda mais bravo com o melhor amigo dele e falar ainda mais alto com o melhor amigo dele para dizer que aquilo é um crime e que ele vai ter que chamar a polícia e que aquele cão dos infernos vai ter que ser sacrificado. E o cachorro parece até que entende o que diz o Perácio e começa a rosnar e a latir para ele. Mas o Tiburtino diz para ele que ele não precisa se preocupar porque o cachorrinho dele só quer brincar com ele e para provar o que ele está dizendo ele diz para o cachorro dele pega o Perácio Tibútico. Pega ele e brinca com ele e pega ele. E o cachorro avança para cima do Perácio e o Perácio sai correndo desesperado escutando a voz do Tiburtino atiçar o cachorro para ir atrás dele e o bicho é obediente e sai mesmo correndo atrás do Perácio e junto com ele vão todos os outros cães mijões que são todos Tibuts iguais ao Tibut do Tiburtino. Enquanto o Perácio corre da cachorrada ele escuta a voz do Tiburtino dizer para ele não corre que é pior para de correr que assim eu seguro os cachorros não corre que é pior mas o Perácio não confia mais no melhor amigo dele e continua correndo. O Perácio corre até cansar. E quando o Perácio para de correr ele ainda está no parque e a cachorrada desapareceu quase toda. Ele só vê o Tiburtino fazendo carinho no Tibut dizendo aquelas coisas idiotas para o cachorro que tem de novo um pedaço de braço ensanguentado na boca que é maior que o pedaço que ele tinha antes. Não parece mais um pedaço de braço de criança pensa o Perácio enquanto ele percebe que ele não escuta mais o choro de criança. Por um instante ele acha que está tudo bem e que nunca teve criança nenhuma e que aquilo na boca do cachorro parece o pedaço de um braço mas deve ser uma outra coisa. Mas quando o Tiburtino olha para o Perácio e começa a rir da cara dele o Perácio percebe que ele está todo ensanguentado e que aquilo que o cachorro tem na boca é mesmo o pedaço de um braço. É um pedaço do braço do Perácio. O Perácio abre a boca para gritar mas em vez do som do grito o que sai da boca dele é o som da campainha do telefone que está tocando do lado da poltrona onde ele está sentado na sala da casa onde ele vive com Elle. O Perácio espera Elle aparecer para atender o telefone mas ela não aparece. O telefone continua tocando e Elle não vem atender. O Perácio quer gritar o nome Elle e avisar para Elle que o telefone está tocando mas ele não consegue. Ele então atende o telefone certo de que é alguém que quer falar com o Roger G. Towne. O Perácio imagina os olhos do Roger G. Towne se cruzando no infinito para enxergar a própria nuca enquanto ele escuta a voz do telefone perguntando como ele está. E a voz que ele escuta é a voz do Tiburtino e o Perácio sem pensar pergunta se o cachorro do Tiburtino está bem. O Tiburtino diz que não tem cachorro nem nunca teve. O Perácio conta então para o Tiburtino o pesadelo dos cachorros porque ele acredita que o Tiburtino é o melhor amigo dele e portanto ele pode contar os sonhos dele para ele. O Tiburtino escuta o sonho e diz para o Perácio não se preocupar que o sonho é na verdade um sonho bom. O Perácio não entende. O Tiburtino explica. O Tiburtino explica para o Perácio que o cão é o símbolo da fidelidade e que no fundo é isso que as pessoas querem dizer quando dizem que o cão é o melhor amigo do homem. Elas querem dizer que a fidelidade é companheira da amizade. Isso o Perácio entende. O que ele não entende é o que o símbolo da fidelidade do melhor amigo dele estava fazendo com um pedaço do braço dele na boca. O Tiburtino diz então que esse simbolismo também é fácil de explicar principalmente se o pedaço de braço que o cachorro tinha na boca era um pedaço do braço direito do Perácio. O Perácio não se lembra em que braço estava faltando o pedaço que estava na boca do Tibut mas para ele parece lógico que aquele fosse um pedaço do seu braço direito. O Tiburtino diz então que tudo se encaixa perfeitamente. Ele diz que a gente costuma chamar de braço direito a pessoa que está sempre do nosso lado e em quem a gente confia totalmente. E era isso que o braço direito do Perácio significava no sonho. No sonho o braço direito do Perácio não era um braço. Era um braço representando uma pessoa que era a pessoa que estava sempre do lado dele e em quem ele mais confiava. A pessoa que só pode ser o melhor amigo dele que é ele mesmo. Ele queria dizer ele mesmo o Tiburtino. É claro que o Perácio sabe que aquilo é uma tremenda bobagem mas naquele momento aquela bobagem faz um tremendo sentido para ele. Para o Perácio fica claro o significado do sonho que o Tiburtino explica para ele. O Perácio não consegue explicar mas ele consegue entender. O Tiburtino pede para falar com a Elle. O Perácio vai dizer que acha que ela não está em casa mas ele percebe que ela está parada na frente dele olhando ele falar no telefone com aqueles olhos de ódio que ele nunca tinha visto antes. O Perácio passa o telefone para Elle e fica sentado na poltrona ouvindo ela falar com o Tiburtino. Quando Elle fala com o Tiburtino a voz dela não é a mesma voz que xingou a Cantora de vagabunda no quarto do hotel do Perácio. Os olhos dela não são os mesmos olhos de ódio do Perácio. O cabelo de Elle é escuro mas quando ela fala com o Tiburtino ela fala e olha como a Cantora falava e olhava para o Perácio. O Perácio entende o que está acontecendo entre Elle e Tiburtino. Ele fica feliz por Elle e triste por ele. O Perácio se levanta da poltrona e sobe a escada que vai para a parte de cima do sobrado onde ele sabe que fica o quarto dele e de Elle mesmo ele não se lembrando de como é o quarto. Ele sai da sala para Elle falar à vontade com o Tiburtino como ele falava à vontade quando estava sozinho com a Cantora. O Perácio escuta Elle dizer para o Tiburtino que ela não pode mais aceitar dinheiro dele agora que o Perácio voltou. Agora que ele voltou eles podem vender a casa porque eles não precisam de uma casa tão grande agora que eles não têm mais o filho deles. O Perácio continua subindo a escada enquanto a voz de Elle vai sumindo. Ele entra no primeiro quarto que ele encontra e o quarto não é o quarto dele. É o quarto do filho dele com a cama do filho dele arrumada e os livros do filho dele na estante e as roupas do filho dele no armário e as fotos dele e do filho dele e de Elle nas paredes do quarto. O filho do Perácio parecia um menino feliz. E foi com o filho dele que ele sonhou naquela noite. E o sonho do filho foi o último sonho que o Perácio me contou. Ele lembrou do número do meu telefone no dia seguinte e me telefonou. Ele lembrava do número mas não lembrava de quem era aquele número. Eu reconheci a voz do Perácio e ele lembrou de mim. Ele me disse que sonhou que ele e eu trabalhávamos juntos fazendo operações secretas para um departamento secreto que tinha três letras como nome e as três letras do nome faziam os tzares tremer. Eu expliquei para ele que ele não sonhou nada daquilo porque ele viveu tudo aquilo e eu contei tudo o que ele e eu fazíamos no departamento e perguntei para ele tudo o que tinha acontecido com ele e ele me contou tudo o que você já sabe sobre a Cantora e o homem da mala e o cliente e o pub. Ele me contou tudo não do jeito que ele contava as coisas que aconteciam com ele mas do jeito que ele contava os sonhos. E foi desse jeito também que ele me falou da Elle e do Tiburtino e do Tibut. E eu disse para ele que ele tinha que fugir daquela casa e que o que estava acontecendo com ele era que o departamento estava fazendo com ele o que o departamento faz com os agentes que quebram o protocolo. O Perácio não me escutou mas o departamento estava escutando. As orelhas do departamento escutaram tudo o que a gente disse. Eu não podia mais salvar o Perácio e não tinha ninguém mais para me salvar. Eu passei a noite em claro pensando em como eu podia salvar o Perácio estando tão longe dele. O Perácio não pensou em nada. O Perácio estava decidido a fazer o que ele tinha que fazer. Ele entendeu o que ele tinha que fazer depois que ele sonhou com o filho dele. Foi o pior pesadelo do Perácio. Pior que qualquer outro daqueles pesadelos que começavam no quarto onde ele dormia. O pior tipo de pesadelo é o que começa com o filho que morre antes de você saber que ele existe.

Ainda bem que eu fui a Cavarzere e telefonei para Olga. Ainda bem que eu consegui me fazer entender com o meu parco hebraico e consegui que chamassem Olga para atender o telefone e por isso eu fiquei tempo suficiente no telefone público para perceber o perigo. Ela estava lá. A mulher de aparência eslava estava lá falando com os italianos antissemitas e dessa vez eu vi a eslava bem de perto e vi o que ela tinha na mão. Ela tinha na mão uma foto minha. Ela está mesmo me procurando e ela não vai demorar para me achar porque os ouvidos do Mossad sem dúvida estavam ouvindo Olga falar comigo pelo telefone e esses serviços secretos sempre trocam segredos entre si e era para um deles que a mulher eslava trabalhava. Três letras me fizeram tremer. Quando eu vi a mulher eslava e vi que ela não me viu eu desliguei o telefone sem me despedir de Olga e voltei para cá para terminar o que eu comecei porque eu não vou faltar com a minha palavra nem vou deixar de fazer o que Olga me pediu para fazer. Eu ouvi a voz de Olga e não consegui falar com ela porque eu não queria falar eu queria cantar. Eu queria cantar junto com ela como uma vez numa festa eu tinha cantado com ela vendo

Olga mexer no cabelo ruivo dela e olhando de vez em quando para o decote do vestido dela enquanto ela cantava junto comigo com aquela voz que eu sei que é a mesma voz que o Perácio ouvia quando ouvia a Cantora cantar em Palankland. A cantora Olga cantava comigo fly me to the moon and let me sing upon the stars e depois que a música acabou e como ela estava bêbada ela me deu um beijinho de leve nos lábios e aquela foi a primeira vez e a única vez que os nossos lábios se tocaram. Fill my heart with song and let me sing for ever more eu ficava repetindo na minha cabeça e era isso o que eu queria dizer para Olga pelo telefone mas eu não disse nada porque só ela falou. Olga falou que eu precisava publicar o relato antes que ela levasse à ONU a proposta dela de paz para o Oriente Médio. Olga dizia que ela tinha encontrado a solução para o conflito e que ela precisava do relato para dizer isso ao mundo. Ela ia dizer ao mundo que era preciso eliminar as fronteiras da Palestina e criar um novo estado que se chamaria Palestina mesmo ou poderia continuar se chamando Israel ou mesmo Israel-Palestina ou Palestina-Israel ou Foda-se-o-nome. Ela dizia que o plano dela era perfeito e a operação era simples. Ela gritava que era preciso apenas uma nova constituição declarando a igualdade de cidadãos do novo estado independentemente de raça ou credo religioso e a proibição de qualquer tipo de partido político religioso e de qualquer partido étnico e a obrigação de todos os partidos políticos de ter entre seus membros um número equivalente de árabes e judeus de maneira que qualquer governo que fosse eleito seria um governo igualmente ocupado por árabes e judeus e que assim não haveria mais motivo para o exército destruir casas ou esmagar crianças nem para as pessoas se explodirem em lugares públicos e matar inocentes e que quem não concordasse com isso poderia ir embora e se não quisesse ir embora seria executado e se alguém ameaçasse meter Deus no meio era só queimar as igrejas e as mesquitas e as sinagogas e isso tudo só seria possível depois que eu cumprisse a minha promessa de publicar o relato. Eu percebi que Olga estava realmente louca mas eu não pude dizer isso para ela porque eu vi o cabelo vermelho da mulher eslava e vi o meu rosto na foto na mão dela e desliguei o telefone e saí correndo e me vi acometido pela mesma sensação de pânico que eu senti quando vi CFD olhar para o Perácio e olhar para mim e depois para o Perácio novamente. E então eu olhei para o Perácio e o Perácio não estava fazendo nenhuma medida. O Perácio olhava para o relógio de pulso dele e depois olhava para mim e depois outra vez para o relógio e novamente para mim. O Perácio estava esperando a hora certa para fazer alguma coisa que só poderia ser a medida de alguma coisa e ele olhava para mim. Ele não saía do lugar e não parava de olhar para o relógio e para mim. O Perácio não se lembrava de ser casado com Elle nem que ele tinha um filho que tinha morrido até o dia em que ele teve o sonho que foi o último sonho do Perácio que o CFD me contou.

[34.]

– O Perácio está passeando em uma cidade onde as ruas são de água. O Perácio está com a família e as águas das ruas são muito brancas e agitadas. O Perácio precisa atravessar uma rua de água e segura a mão do filho que ainda é muito pequeno e não deve ter mais do que quatro anos. O Perácio explica para o filho que a água é muito branca por causa do sal. Tem muito sal na água e por isso ela é branca e por isso é difícil afundar nela. O filho do Perácio só tem quatro anos mas ele sabe muito bem que a rua de água é mais profunda que a altura dele. Ele sabe que se o pai descer para atravessar a rua de água a água vai bater na cintura do pai mas vai cobrir a cabeça dele. O Perácio pai está do lado esquerdo do filho e o menino olha para o lado direito onde está a mulher que segura a outra mão dele que ele sabe que só pode ser a mãe dele. O Perácio sabe disso também e sorri para a mãe do menino que não é a mãe que ele esperava encontrar no sonho. Não é Elle. A mãe no sonho é a Cantora e ela está mais linda do que nunca e ela não diz nada. A Cantora só sorri. O sorriso dela é um sorriso de ternura. O filho do Perácio e da Cantora não quer atravessar a rua de água branca agitada e é isso que ele parece estar querendo dizer para a Cantora mãe quando ele olha para ela. A Cantora sem parar de sorrir solta a mão do filho como se dissesse para ele vai filho vai com o seu pai. E então o Perácio puxa a mão do filho e desce devagarinho pelos degraus que descem da calçada seca até a rua de água como se fossem degraus de uma piscina. Enquanto o Perácio desce os degraus ele tem uma sensação de ter tido antes um sonho que tem alguma coisa a ver com aquele sonho. É só uma sensação que incomoda um pouco o Perácio. Tem uma coisa familiar naquela situação e ele não sabe o que é. Ele pensa então que a sensação familiar tem a ver com o fato de naquele sonho ele ter uma família que é ele e o filho e a Cantora. Mas a Cantora não está descendo os degraus com ele e não está mais na calçada. A Cantora sumiu do sonho e o Perácio sente vontade de voltar para procurar a Cantora mas ele não pode fazer isso porque a operação de ensinar o filho a atravessar a rua de água tem que seguir o protocolo do sonho e ele tem que seguir em frente. A sensação familiar continua perturbando o Perácio enquanto ele desce os degraus e vê um grupo de turistas todos carregando malas idênticas descendo os degraus da calçada para a rua de água do lado oposto ao lado dele e do filho. O Perácio não consegue ver o rosto dos turistas. Ele só vê as malas e a sensação familiar que antes era incômoda é agora ruim e ele sente vontade de dar meia-volta e desistir de atravessar aquela rua naquele lugar. Mas os turistas atravessam a rua de água agitada carregando as malas que são malas grandes sem nenhuma problema. Eles dão risada e o Perácio percebe que é divertido atravessar a rua que parece um rio de água muito salgada. A água tem tanto sal que ela é quase toda branca. O Perácio consegue ver o pé dele pisando o degrau dentro da água mesmo a água sendo opaca de tão branca. Mas quando o pé do

Perácio pai desce mais um degrau e o pé do filho dele acompanha o pé do pai o Perácio percebe que fica mais difícil enxergar através da água cheia de sal. O Perácio imagina que seria mais fácil enxergar se estivesse mais claro o dia e então ele olha para cima e percebe que a rua onde eles estão é coberta. Parece que a cidade é inteira coberta por um teto muito alto e que deixa passar a luz que vem de fora de onde provavelmente vieram os turistas que agora já estão no meio da rua de água carregando as malas suspensas para não molhar as malas na água que corre por eles batendo na altura da cintura. Não tem perigo nenhum pensa o Perácio que segura o filho pelas axilas para fazer ele flutuar pela rua de água. O Perácio avança pela rua de água no sentido contrário ao dos turistas. Tem muita gente atravessando ao mesmo tempo. Tem mais turistas do que o Perácio tinha percebido. A água que corre salgada fica mais agitada e o Perácio percebe agora o rosto dos turistas que olham para ele uns com ar de censura outros com expressão de desprezo outros com riso de ridículo como se ele estivesse fazendo alguma coisa errada ou infame ou idiota. Então o Perácio se dá conta de que o filho dele cresceu. Ele deve ter agora uns oito anos e é muito magro e muito comprido e é realmente idiota e infame e ridículo um pai segurar uma criança daquele tamanho para atravessar a rua. O Perácio se sente um péssimo pai por não ensinar o filho a atravessar a rua sozinho e então ele solta o menino na água branca salgada agitada. Mas o filho do Perácio não consegue colocar os pés no chão e tenta nadar. O menino não consegue colocar os pés no chão porque agora ele é outra vez mais novo. Ele é só uma criança pequena de uns quatro anos que nem sabe nadar direito e nem se soubesse ele teria força para nadar naquela correnteza que engole ele e começa a arrastar ele rua de água abaixo. O Perácio se joga na água para tentar pegar o filho mas a água já levou o filho para além do ponto onde ele se jogou e entre ele e o filho estão os turistas indignados com a falta de cuidado do Perácio. O Perácio hesita porque sente vontade de se explicar para os turistas e quando ele se dá conta ele já não consegue ver o filho nas águas salgadas da rua que avançam agitadas e quando o Perácio olha para o lado para onde corre a água ele vê que a rua é muito mais longa do que ele imaginava. O Perácio olha para trás esperando ver a Cantora para pedir ajuda para ela mas ela não está lá. Na calçada onde estava a Cantora estão agora os turistas carregando as suas malas e uma moça e uma morsa. O Perácio olha outra vez para a rua de água. A rua é tão longa que ele não vê o fim da rua e ele tenta gritar desesperado o nome do filho mas ele não consegue porque só agora ele entende que ele não sabe qual é o nome que o filho dele tem. Ninguém contou para ele qual era o nome do filho dele que morreu depois de ser esfaqueado por um trombadinha. O Tiburtino não contou para ele. Elle não contou para ele. Elle está dormindo profundamente do lado do Perácio na cama do quarto de casal da casa para onde ela trouxe o Perácio depois de destruir o sonho dele com a Cantora e salvar a vida dele do ataque dos inimigos condores do departamento. O Perácio sente muito sono mas o medo de dormir e sonhar de novo que ele sente é muito maior e então ele se levanta. O Perácio sente uma sede imensa e sai do quarto para ir buscar um copo de água na cozinha que fica na parte de baixo da casa. O Perácio não acende nenhuma luz e não faz nenhum barulho para não acordar Elle que continua dormindo na cama. Pela primeira vez o Perácio entende a dor de Elle. Ele entende a dor da perda do filho pela primeira vez. Depois do sonho da rua de água pela primeira vez o Perácio entende a dor da perda do filho e mesmo ele não se lembrando do nome do filho dele ele chora porque o filho dele morreu. Pela primeira vez o Perácio sente a angústia profunda da perda do filho e já não duvida mais que ele é mesmo casado com Elle e que eles tiveram um filho e que o filho está morto e morto é justamente o que o Perácio queria estar naquele momento. O Perácio sai do quarto para descer a escada e ir até a cozinha para tomar água para matar a sede pensando em como ele pode se matar. E quando o Perácio começa a descer a escada acontece sem ele querer o que ele queria que acontecesse. O Perácio pisa em falso e cai e rola escada abaixo. Ele sente a quina do degrau machucar as costelas dele. Ele sente a cabeça girar. Ele perde a noção de em cima e embaixo e de direita e de esquerda e parece que ele está rolando uma escada infinita de tanto que demora para ele finalmente chegar no chão no fim da escada. Uma luz então se acende no alto da escada e o Perácio deitado no chão e gemendo olha para cima e vê lá em cima Elle olhando para baixo. Elle olha para ele com olhos que o Perácio nunca tinha visto antes. Os olhos de Elle parecem brilhar e ela parece feliz. Então o Perácio se mexe e geme um pouco e a cara de Elle volta a ser a cara de antes que é a cara de ódio. A cara do ódio que ela tem do Perácio. Elle pergunta para o Perácio se o Perácio se machucou e o Perácio responde que acha que não. E Elle: Então sorte sua tem gente que morre assim. E o Perácio: Era o que eu queria mas foi sem querer. E Elle vira as costas e apaga a luz e volta para o quarto deixando o Perácio gemendo e caído no chão. Foi difícil para o Perácio se levantar e ir até a cozinha e abrir a geladeira e pegar a água gelada e abrir um armário e outro armário e outro armário até ele achar o copo onde ele tomou a água gelada no escuro da cozinha. O Perácio fez tudo sem acender a luz como se ele fosse um mestre da escuridão ou como se ele conhecesse aquela casa como a palma da sua mão. O Perácio pensou que ele podia mesmo se lembrar da casa onde ele morou durante 17 anos com Elle sem se lembrar de nada do casamento e da vida que ele teve com Elle e o filho. O Perácio achou que ele podia lembrar sem ter consciência da lembrança. Devia ter outras coisas na casa de que ele lembrava sem saber. Ele queria lembrar da casa para sofrer junto com Elle quando eles tivessem que vender a casa por excesso de espaço e falta de dinheiro. Ia ser uma pena vender uma casa tão grande e tão boa e tão bem decorada foi o que pensou o Perácio. Elle não merecia isso foi o que o Perácio pensou depois. Eu não mereço Elle pensou finalmente o Perácio. E foi então que ele decidiu que antes de morrer ele tinha que fazer por Elle o que Elle fez por ele. O Perácio tinha que salvar a casa para Elle para ele poder morrer em paz. E foi como se ele lembrasse sem ter consciência da lembrança que o Perácio andou pelo escuro da casa até uma porta que ficava perto da escada por onde ele tinha rolado. A porta estava entreaberta e pela fresta entre a porta e o batente saía um facho de luz muito fino e de pouco brilho. O Perácio abriu a porta e viu uma escrivaninha iluminada e uns papéis em cima da escrivaninha. O Perácio entrou no escritório imaginando que ele já devia ter entrado ali muitas e muitas vezes antes na vida de que ele não lembrava. Ele não lembrava mas ele tinha certeza de que ele tinha entrado lá porque agora ele sentia a perda do filho que ele teve com Elle com uma dor profunda e com saudades de abraçar o filho mesmo ele não lembrando do nome do filho dele. Ele se sentou na cadeira na frente da escrivaninha e viu o papel que estava sobre a mesa. O papel era uma apólice de seguro. A apólice significava um monte de dinheiro para Elle quando ele morresse. A apólice dizia que se a morte do Perácio fosse uma morte violenta o monte de dinheiro que a Elle ia receber ia ser o dobro do monte de dinheiro da morte natural. A apólice dizia para o Perácio o que ele tinha que fazer para salvar a casa e devolver a felicidade que ele tinha tirado de Elle. O Perácio viu no relógio do escritório que era quase meia-noite. O Perácio abriu a gaveta da escrivaninha como se tivesse certeza de que ia encontrar lá o que ele encontrou. O Perácio encontrou a arma que ele tinha usado para assustar o Abscorpz na Cidade dos Palanques. A mesma arma que assustou tanto o Abscorpz que ele não contou para ninguém que ele viu o Perácio e a Cantora no cemitério mas contou para o Perácio que ele viu o homem da mala e a Cantora no pub. O Perácio não quis voltar para o quarto onde Elle dormia e saiu de pijama mesmo com a chave do carro de Elle na mão. O Perácio dirigiu pelas ruas perigosas da cidade que ele nem sabia qual era mas que ele parecia conhecer muito bem. O Perácio dirigiu por mais de duas horas o mais devagar que pôde com os vidros do carro abertos. O Perácio parava o carro em cada um dos cruzamentos das ruas perigosas por onde ele passava e ficava parado no cruzamento com os vidros do carro abertos esperando acontecer o que ele esperava que acontecesse. O Perácio conhecia tantas cidades que só de olhar para as ruas e os prédios e as casas e a sujeira de uma cidade ele já sabia o que podia esperar daquela cidade. E a cidade onde ele estava agora tinha as ruas vazias e sujas e escuras e as poucas pessoas que dirigiam àquela hora da madrugada dirigiam com medo. O Perácio podia dizer pelo cheiro daquela cidade que aquela era uma cidade violenta. O Perácio sorriu satisfeito quando ele pensou que a possibilidade de fracasso do plano dele era uma improbabilidade estatística quando ele parou no cruzamento de uma rua estreita e suja e escura e cheia de mendigos fedidos dormindo nas calçadas. O Perácio está agora parado naquela rua com os vidros do carro abertos esperando acontecer o que deve acontecer por probabilidade estatística. O Perácio abre o porta-luvas e pega a arma que o departamento deu para ele e ensinou ele a usar. Então ele se dá conta de que tem um menino sujo e maltrapilho e com cara de sono parado do lado da porta do motorista olhando para dentro do carro. O menino tem os olhos pequenos e o nariz pontudo e a pele escura e quase não tem cabelos. O Perácio pensa que ele já viu aquele menino antes mas ele acha que pode ter sido só em um sonho. O Perácio estende a arma para o menino pegar mas o menino se assusta e sai correndo. O Perácio sai do carro e sai correndo atrás do menino e todos os mendigos e todos os outros meninos que estavam dormindo na rua fogem assustados. O Perácio grita para o menino parar de correr mas o menino corre cada vez mais depressa e então o Perácio dá um tiro para o alto. O tiro deve ter assustado muito o menino porque o Perácio vê que ele tropeça e cai no chão e assim o Perácio alcança o moleque imundo e agarra a camiseta rasgada do moleque e coloca a arma na mão dele e diz que se o menino não matar ele ele vai morrer. O menino chora. O menino não entende o plano do Perácio. O Perácio explica que é só fazer o que os amigos dele fizeram com o filho dele. É mais fácil que enfiar uma faca na barriga. O Perácio encosta o cano da arma na cabeça e diz para o menino que é só puxar o gatilho. Mas o menino já não escuta o Perácio. O menino treme inteiro. Os olhos do menino ficam revirados. A boca do menino baba. O Perácio percebe que o menino está tendo uma convulsão. Não tem ninguém por perto. Os mendigos que não se assustaram quando o Perácio saiu do carro se assustaram depois quando o Perácio deu o tiro para o alto. Não tem ninguém na rua cheia de lixo e quase sem luz. Na rua só tem o Perácio e o menino mendigo epiléptico e o carro está parado longe deles. O Perácio lembra do filho dele sem nome sendo arrastado pela água branca salgada da rua do sonho e pega o menino sem casa nos braços. Quando o Perácio chega no hospital público vestido apenas com o pijama só tem um homem na sala de espera. Não tem ninguém ferido e não tem ninguém sangrando e não tem ninguém morrendo. Só tem um homem sentado tranquilo com cara de feliz que olha o Perácio entregar o menino fedido epiléptico para uma enfermeira que leva ele para ser socorrido e o Perácio se senta em uma cadeira da sala de espera porque ele não vai conseguir voltar para casa antes de saber se o menino vai sobreviver. O Perácio não quer que o menino morra. O Perácio queria que o menino matasse ele e não que o menino morresse por causa dele. A angústia do Perácio é tão grande que ele não pode evitar a raiva que ele sente quando vê o sorriso do homem feliz. E a raiva só aumenta porque o homem feliz se levanta e anda até o Perácio carregando uma maleta pequena metálica e se senta do lado dele e parece que ele não se incomoda nem um pouco com o fato de o Perácio estar vestido apenas com o pijama. O homem feliz coloca a maleta metálica pequena no colo e abre a maleta do lado do Perácio e a curiosidade do Perácio não resiste e parece ser isso que o homem feliz esperava que acontecesse. O homem feliz sorri quando percebe que o Perácio olha para a maleta aberta dele e vê que a maleta está cheia de instrumentos de medida e de caderninhos de capa preta. Dentro da maleta tem um paquímetro e uma trena e um metro de marceneiro e um metro de costureira e outras trenas de diferentes tamanhos e outros instrumentos de medir que o Perácio nunca viu antes. E o homem feliz se vira para o Perácio e diz: O senhor deve estar imaginando como isso é possível. E o Perácio não entende. O Perácio só consegue pensar no menino epiléptico fedido que está lá dentro e que ele acha que vai morrer no lugar dele. E o homem feliz parece ler os pensamentos do Perácio e diz: O menino vai ficar bom e o senhor é um homem bom. O Perácio fica envergonhado porque ele se lembra de como ele assustou o menino e de como ele deixou as águas levarem o filho dele e o homem feliz coloca a mão no ombro do Perácio como se fosse um pai tentando acalmar o filho e diz: O menino é só uma parte do milagre. E o Perácio tenta se levantar mas o homem feliz não deixa e pede para o Perácio deixar ele se explicar. Então o homem da maleta metálica pede para o Perácio olhar em volta e testemunhar o milagre. O homem feliz pergunta: O que o senhor vê? E o Perácio: A sala de espera. E o homem feliz: E onde estão as pessoas que esperam? E o Perácio: Só estamos nós dois aqui. E o homem feliz: Mas eu não estou esperando ser atendido porque não tem nada de errado com a minha saúde e nem o senhor está esperando ser atendido porque o senhor só entrou aqui para trazer o menino doente e ele já foi atendido e portanto não tem ninguém esperando na sala de espera do hospital público. O Perácio não entende aonde o homem feliz quer chegar e o homem feliz continua: Durante toda a noite só o senhor entrou por aquela porta e entrou desesperado carregando nos braços um menino sujo em convulsão e a sua preocupação com a saúde do menino era tão sincera e a sua bondade tão verdadeira que o senhor nem reparou que não tinha mais ninguém para ser socorrido. O Perácio concorda com um gesto de cabeça com o que diz o homem feliz e o homem feliz continua: O senhor entrou e não viu nenhum bandido baleado nem nenhuma mulher violentada nem nenhum velho infartado nem nenhum pobre febril e se o senhor tivesse vindo aqui ontem teria visto o que eu vi e o que eu vi ontem à noite foi gente morrendo esperando por falta de médico e falta de tempo e falta de remédio e se hoje nada disso está acontecendo aqui é porque o que está acontecendo aqui hoje é um milagre. E o Perácio não consegue discordar do homem feliz que parece mesmo um milagre um hospital público estar vazio daquele jeito mas o Perácio não acredita em milagres e diz para o homem que o que está acontecendo é uma improbabilidade estatística e que improvável não é o mesmo que impossível. O homem feliz diz para o Perácio que os milagres não são impossíveis e são prováveis e que além disso existem muitas categorias de milagres que ele teria o maior prazer de apresentar para o Perácio mas que naquele momento ele prefere conversar com o Perácio sobre a categoria de milagre que está acontecendo naquela noite que é a categoria do milagre de Natal. O Perácio não entende. O homem entende. É difícil entender e é difícil explicar mas é possível explicar e entender é o que diz o homem dos milagres para o Perácio. E o Perácio então começa a pensar que tudo o que está acontecendo com ele parece verdade mas não faz sentido e que portanto ele está sonhando. O Perácio tenta ser educado quando diz para o homem da maleta dos milagres que ele está sonhando e que portanto ele não existe e que ele precisa ir para casa para acordar. O homem feliz diz que ele existe mas o Perácio sabe que o Natal é em dezembro e que quando ele saiu de casa para se matar não era dezembro. O Perácio não quer mais sonhar porque ele sabe que logo aquele sonho vai virar outro pesadelo e resolve resolver logo o problema da maneira mais rápida possível e diz para o homem feliz que vai provar para ele que aquilo é um sonho e pergunta para o homem feliz em que mês eles estão. E o homem feliz responde: Julho. E o Perácio: Viu? O Natal é em dezembro e nós estamos em julho e portanto o senhor é só um sonho. O Perácio acha que o homem feliz vai concordar com ele e que ele vai acordar mas o homem feliz insiste que eles não estão no sonho do Perácio e que mesmo sendo julho é Natal porque o Natal não é uma data. O Natal é uma dízima periódica. O Perácio não sabe o que dizer nem sabe o que pensar mas ele sabe o que é uma dízima periódica e o homem da dízima não precisa explicar o que é uma dízima periódica quando ele diz que o Natal é o número 0,12251225122512251225122512251225 e que esse número que se repete ao infinito é o produto de um algoritmo divino que ele conseguiu calcular. O homem do algoritmo divino explica para o Perácio que ele é matemático e que ele pode provar matematicamente que aquele dia é o dia do Natal e que é por isso que o que está acontecendo é um milagre de Natal. O Perácio olha para a sala de espera vazia. O homem tira da maleta dele um dos muitos caderninhos de capa preta para mostrar os cálculos para o Perácio. O Perácio olha para a maleta e acha que deve ter mais de 50 caderninhos dentro dela. E o matemático Natalino feliz abre o caderninho e explica para o Perácio todos os cálculos que ele fez para chegar no algoritmo que ele chama de algoritmo divino. E quando o Perácio de pijama está dirigindo o carro de Elle de volta para casa ele não consegue parar de pensar no cálculo do algoritmo divino que o feliz matemático Natalino explicou para ele. Bastava aplicar o algoritmo do matemático feliz Natalino em todos os dias de todos os meses e em todos os meses de todos os anos e em todos os anos de todos os séculos e em todos os séculos do primeiro milênio e do segundo e de todos os milênios ainda por vir. Somente em um dia de cada ano o resultado era a mesma dízima 0,122512251225 que era a dízima periódica que representava o Natal. O zero representava o ano zero que era o ano do nascimento de Cristo e os algarismos depois da vírgula representavam o mês 12 e o dia 25 que é o dia e o mês do nascimento do messias no nosso calendário que é o dia 25 de dezembro. O matemático cabalístico cristão usou o algoritmo divino para fazer uma tabela com os diferentes dias em diferentes meses nos diferentes anos que correspondiam ao verdadeiro dia do Natal que só correspondia mesmo ao dia 25 de dezembro em um a cada 413 anos. Naquele ano em que o Perácio fez a última operação dele na cidade que ele chamava de Palankland que era a cidade onde ele tinha encontrado o amor da vida dele que era a Cantora e que era também a cidade onde ele descobriu que ele era casado de verdade com uma mulher que odiava ele porque ele estava com outra mulher enquanto o filho deles morria depois de ter sido esfaqueado por um pivete como o pivete epiléptico que o Perácio tinha socorrido naquela mesma noite em que o Perácio conheceu o matemático messiânico o dia do Natal coincidia com aquele mesmo dia em que o Perácio de pijama dirigia o carro de Elle pelas ruas vazias e tranquilas daquela cidade violenta. O Perácio olha para o banco do carona onde está a maleta metálica que o matemático Natalino deu para ele. O matemático guardou o caderninho com o algoritmo divino e a tabela periódica do Natal variável no bolso do paletó dele e fechou a maleta metálica e entregou a maleta metálica para o Perácio e disse: Guarda bem essa maleta porque você vai precisar dela. O Perácio lembrava disso enquanto dirigia o carro de pijama e pensava que de alguma maneira o encontro com o matemático maluco tinha dado um sentido novo para a vida dele apesar de nada do que disse o matemático divino fazer sentido para ele. Não dava para explicar mas dava para entender. O Perácio perdeu a vontade de morrer. O Perácio de pijama acreditava na probabilidade estatística do milagre e que ele podia calcular matematicamente essa probabilidade se ele tivesse os dados que ele teria se ele pudesse medir o mundo. O Perácio de pijama só pensava em voltar para casa e se deitar na cama ao lado da Cantora depois de passar no mais absoluto silêncio pelo quarto do filho dele para ver se ele estava bem coberto porque aquela era uma noite fria de julho mas era também a noite de Natal no calendário cabalístico do profeta matemático e era no Natal que os milagres aconteciam. O Perácio ia chegar em casa e tomar um copo de água para matar a sede e dar um beijo no filho adormecido e voltar para a cama e abraçar o corpo quente da Cantora adormecida na cama deles. Era isso o que o Perácio ia fazer e no dia seguinte ele ia contar para a mulher e para o filho como ele tinha sido um herói na noite anterior que era a mesma noite em que ele estava dirigindo o carro de Elle de pijama olhando para a maleta metálica no banco do carona que o matemático místico tinha dado de presente para e ele e ele imaginava que o filho ia brincar o resto do dia de medir o mundo com os instrumentos de medida que estavam dentro da maleta e eles iam poder anotar as medidas nos caderninhos de capa preta que estavam dentro da maleta e que estavam todos em branco como tinha notado o Perácio quando ele examinou o conteúdo da maleta dentro do carro antes de dar a partida no motor e sair dirigindo pela rua deserta por onde ele dirige agora sem nenhum carro na frente dele e com apenas um carro atrás dele que é um carro da polícia com a sirene ligada. O carro da polícia passa pelo carro do Perácio e fecha a passagem dele e o Perácio pisa no freio para não bater no carro da polícia que parou na frente dele. O Perácio não entende por que os policiais saem do carro da polícia com armas apontadas para o

Perácio e obrigam o Perácio a descer do carro. O Perácio obedece a ordem dos policiais armados e anda até a parte de trás do carro de Elle e não sabe o que responder quando um dos policiais pergunta para ele o que é aquele pedaço de roupa sujo de sangue que está preso na porta do porta-malas. O Perácio vê o que parece ser um pedaço de um paletó manchado de sangue mas ele não sabe de que paletó é aquele pedaço de paletó e o que aquele pedaço de paletó está fazendo naquele lugar. O Perácio só consegue dizer que aquele pedaço de roupa ensanguentado parece a manga de um paletó que não é dele. O Perácio obedece quando um policial aponta a arma na direção da cabeça dele e manda o Perácio abrir a porta do porta-malas. E o Perácio descobre junto com os policiais o cadáver ensanguentado do Tiburtino no porta-malas do carro de Elle. O Perácio não sabe explicar o que o melhor amigo dele está fazendo morto no porta-malas do carro da mulher dele. O Perácio não sabe explicar o que tem no envelope pardo que está em cima do cadáver do amigo dele. O Perácio não sabe explicar o que aquelas fotos da mulher dele pelada e do melhor amigo dele pelado fazendo o que normalmente uma mulher pelada e um homem pelado fazem quando estão juntos estavam fazendo dentro daquele envelope pardo. As fotos não são muito boas e ele não consegue ver se a mulher dele que está na foto é Elle ou a Cantora mas agora esse detalhe não faz muita diferença para o que o Perácio tem que explicar. O Perácio não sabe explicar para a polícia quem fez aqueles fotos apesar de ele saber explicar que aquela mulher das fotos é a mulher dele apesar de ele não saber exatamente se a mulher é Elle ou a outra e que aquele homem das fotos é o melhor amigo dele e que aquele cadáver no porta-malas é o cadáver do melhor amigo dele e que aquela arma no porta-luvas é a arma dele. O Perácio consegue explicar o que significa cada uma daquelas partes da história mas ele não consegue entender o significado da história inteira. Os policiais dizem para o Perácio que eles acham que sabem o que significam as fotos e a arma e o cadáver. O Perácio não diz nada. Os policiais falam com o Perácio mas o Perácio não fala com eles. Os policiais esperam o Perácio falar alguma coisa mas o Perácio não fala mais. Desde aquele momento o Perácio não fala mais. Três letras e estava feito. O Perácio não fala mais. Mas se foi naquele momento em que o Perácio foi preso que ele parou de falar quem falou para o senhor o que aconteceu com o Perácio naquele noite eu perguntei. Eu falei pela primeira vez. Eu perguntei para o meu entrevistado interrompendo pela primeira vez o relato dele com uma pergunta: como ele sabia o que tinha acontecido com o Perácio na noite de Natal de julho se o Perácio não falou mais nada depois de ser preso? Ele respondeu: Se você não entendeu o que eu disse eu vou ter que dizer tudo de novo. Eu perguntei então se as três letras que fazem o tzares tremer eram as letras KGB e CFD disse que o que eu disse não significava que ele disse o que eu disse que ele disse e que o alfabeto tem 26 letras e com 26 letras é possível fazer combinações infinitas de três letras. Eu disse então que não era verdade e que de acordo com a análise combinatória era possível fazer com as 26 letras do alfabeto 17.576 combinações diferentes de três letras repetindo letras e 15.600 combinações de três letras sem repetir letras em uma mesma combinação. E o CFD: Você deve estar usando a equação errada porque a resposta certa é o resultado deitado da soma dos algarismos do número de letras do alfabeto. Você não entendeu a história do Perácio então eu vou refalar. Vou ter que contar de novo toda a história do Perácio e se você não entender de novo eu vou refalar. Vou contar tudo de novo até você entender porque se o trabalho infinito do Perácio é medir o mundo para estabelecer as probabilidades dos milagres o meu trabalho é contar a história que explica por que as probabilidades dos milagres explicam o trabalho de medir o mundo infinito do Perácio ao infinito. O meu trabalho é refalar. Eu quero dizer que eu vou contar ao infinito. Eu disse que ele não precisava contar de novo o que eu já sabia. E ele: Você não sabe nada sobre o Perácio. E eu: Eu sei tudo sobre o Perácio. E ele: Sabe mesmo? E eu: Eu sei mesmo. E eu contei o que eu sei. Eu sei porque eu contei. O Perácio tem...

53 caderninhos onde ele anota tudo o que ele mede e ele mede as mesmas coisas todos os dias. O CFD me contou o que tinha em 26 caderninhos. Ele não me contou o resto porque ele disse que não conseguiu olhar os outros caderninhos porque o Perácio acordou e olhou para ele com os olhos que eram olhos que ele não conhecia. CFD não me contou o que o Perácio media e anotava nos outros 27 caderninhos mas eu contei. Eu vi o Perácio fazer as outras medidas enquanto eu ouvia CFD contar a história do Perácio. Eu vi o Perácio medir 26 coisas diferentes que eram coisas que sem dúvida aconteciam todos os dias naquele lugar. Naquele lugar tudo se repetia igual todos os dias. O anjo-cantante e o paciente-vomitante e o mulato-saltitante e os enterros do senhor Zoyoz Dubois e outras coisas diferentes que eu acho que eu nunca tinha visto acontecer antes mas que eu sabia que eram as mesmas que aconteciam todos os dias do mesmo jeito e que eram medidas e anotadas pelo Perácio todos os dias do mesmo jeito. Eu contei. Eram 26 coisas. E o Perácio tem 53 caderninhos para fazer o trabalho infinito de medir o mundo. Seja como castigo por conta de ele não ter medido as consequências do que ele fez com

a Cantora na Cidade dos Palanques seja por conta de ele tentar calcular as probabilidades dos milagres. O Perácio tem que anotar as medidas em 53 caderninhos. E a lista de medidas que o CFD me contou era uma lista com 26 caderninhos. E as medidas que eu contei o Perácio fazer ele anotou em outros 26 caderninhos. São 52 caderninhos e o Perácio tem 53 caderninhos. Eu deixei passar despercebida uma medida. Eu vejo CFD observar o Perácio se aproximar de mim e só consigo pensar em pegar a maleta metálica dele e pegar de dentro da maleta dele um por um os 53 caderninhos dele e descobrir qual é a medida que está faltando na minha memória. Mas se eu tentar roubar a maleta do Perácio os enfermeiros vão perceber e eles vão proteger o Perácio e para proteger o Perácio eles vão ter que me atacar e eu vou ter que me defender e se eu tiver que me defender eu não vou medir as consequências e eu sei bem o que pode acontecer comigo depois se eu não medir as consequências agora. Pode dar certo comigo como deu certo com o Perácio e isso eu preciso evitar. Eu necessito evitar isso mas eu não posso evitar a necessidade de saber qual é a medida que está faltando enquanto o Perácio se aproxima de mim e eu começo a tentar lembrar de tudo o que eu vi ele medir e começo a contar na minha cabeça uma a uma as medidas de que eu lembro mas eu não consigo me concentrar direito porque o Perácio está chegando muito perto de mim e eu começo a escutar umas batidas que vêm da porta da frente. Eu não posso me levantar agora para abrir a porta para falar com seja lá quem for o italiano antissemita que está batendo na minha porta. Eu quero gritar para ele ir embora correndo senão eu vou levantar da mesa e vou partir para cima dele e não vou medir as consequências e ele vai ver o que se ganha quando se provoca il diavolo di Cavarzere. Eu lembro que o Perácio mediu 26 coisas mas eu não tenho certeza se eu esqueci uma delas ou se eu lembrei de todas mas contei errado. Eu quero lembrar mas essas malditas batidas na porta que não param parecem ter um ritmo próprio que se repete e se repete e se repete como se fosse um aviso que viesse de alguém que sabe que eu tenho pouco tempo para lembrar da última medida antes que o Perácio faça o que eu acho que ele vai fazer. O Perácio para na minha frente e se abaixa e coloca a maleta metálica que ele ganhou do matemático místico no chão e abre a maleta e tira da maleta uma fita métrica de costureira colorida e puída. Eu contei 26 coisas que ele mediu e contei as batidas na porta. São dois tipos de batidas que se repetem e eu consigo medir a duração das batidas. São batidas longas e batidas curtas que se repetem e se alternam sempre do mesmo jeito sempre que se repetem. São batidas longas. São batidas curtas. Curtas e longas. O Perácio passa a fita métrica de costureira em volta da minha cabeça como se ele quisesse medir o tamanho do meu crânio enquanto eu percebo que as batidas curtas e as batidas longas soam como as batidas de uma máquina de telégrafo em um filme de guerra no meio de uma trincheira de soldados russos tentando resistir às bombas dos alemães e eu percebo que o Perácio encostou sem querer a maleta metálica na minha calça branca e a calça ficou suja de lama mas isso não me incomoda tanto quanto me incomoda o fato de eu ter certeza de que antes a calça que eu vestia era preta. São cinco batidas curtas e três batidas longas. O Perácio pega o último caderninho da maleta dele para anotar a medida da circunferência do meu crânio enquanto eu consigo entender as batidas na porta com os traços e pontos do código Morse que eu decorei quando era menino e nunca mais esqueci ao contrário da tabela periódica que nunca fez sentido para mim. Acho que as batidas são traço ponto traço traço traço ponto traço ponto ponto ponto. Eu lembro de um sonho de quando eu era adolescente e no sonho a tabela periódica é inteirinha escrita em código Morse e eu consigo entender a tabela inteirinha. É muito mais complicado entender a tabela periódica em código Morse do que entender a mensagem que está sendo batida na minha porta que eu acho que é ponto ponto traço ponto ponto ponto ponto traço ponto ponto ponto. A mensagem é muito simples. Eu entendo a mensagem quando o Perácio guarda o último caderninho e vai embora do pátio e o enfermeiro recolhe o gravador. A mensagem na porta me faz tremer. Eu disse para você Pascoal que isso podia acontecer. Se eu não disse é porque eu achava que não podia acontecer mas agora eu acho que eu sei o que as batidas estão dizendo e portanto está acontecendo e portanto se está acontecendo eu disse para você que podia acontecer. Eu sei que está acontecendo o que as batidas estão dizendo. Elas dizem ponto ponto traço ponto ponto ponto ponto traço ponto ponto ponto. Três letras novas e velhos tzares tremem. Eles estão chegando e agora você nunca vai receber o seu livro porque agora o livro é deles. Eles vieram pegar o livro mas eles não vão me pegar. Eles vieram pegar as fitas mas as fitas eu vou levar. Eles vieram para pegar o seu livro Pascoal. File. As fitas eu levo. Print. Vai o livro para eles. Print. Via d'uscita per me. Quit.

[Outra carta ao editor]

Pascoal, querido,

Espero que você tenha acatado a sugestão do meu bilhetinho e esteja lendo estas palavras só depois de ter lido a carta (que o seu autor não lhe enviou) e o original do livro, que eu procurei feito um Sherlock Holmes naquela cidadezinha sem muitos encantos. Ainda bem que Cavarzere fica a apenas uns 30 quilômetros de Veneza, de maneira que não foi muito complicado ir e voltar algumas vezes ao longo da semana.

Não estou reclamando, não, Pascoalzinho. Você sabe que, para mim, é sempre um prazer ajudar. E, para falar a verdade, eu até que gostei de bancar a detetive nas minhas poucas horas vagas. Acabei cancelando algumas reuniões com o pessoal da Bienale, por conta da minha "investigação particular". Mas não era nada de muito importante. Não se sinta constrangido, por favor. Você só me deve um jantar com a Lúcia e as crianças quando eu for ao Brasil no ano que vem. Combinado?

Eu peço desculpas por não ter enviado o original antes. Se eu tivesse ido ao correio, perderia o meu vôo de volta a Paris. E depois de ter começado a ler o texto no avião, não consegui despachá-lo antes de terminar a leitura. Você sabe que eu não consigo abandonar um livro pela metade, mesmo quando não gosto do que leio.

Ainda bem que desta vez você não me pediu uma leitura crítica. Eu não saberia o que dizer – e não teria coragem de admiti-lo –, se você estivesse me pagando. O fato é que eu não sei se gostei ou não desse romance. É um romance, não é? Não acredito que seja um livro de não ficção, como diz seu autor na carta que ele não lhe enviou.

Havia mesmo um gravador, um fone de ouvido e caixas de fitas cassete sobre a mesa dele. Mas as fitas, mesmas, não estavam lá. Nem o caderno de anotações que seu autor afirma ter usado na entrevista. Se ele aparecer por aí algum dia, pergunte por favor se eu posso escutar as fitas. Gostaria muito de comparar o que está gravado com o que ele transcreveu. Tenho motivos de sobra para acreditar que a transcrição não é verdadeira ou pelo menos não inteiramente verdadeira.

Muitas das coisas que o seu autor escreveu naquela carta não correspondem exatamente aos fatos. A começar pela placa que ele diz ter colocado na frente da casa onde ele se escondeu. Mas vamos com calma, que ainda é cedo para revelações. *First things first*, se você me permite o lugar-comum.

Foi difícil achar a casa onde o seu autor estava escondido. Ficava atrás de um milharal, no meio do nada, e ninguém na cidade sabia o nome verdadeiro dele. Quando eu mostrava a foto que você me mandou para as pessoas que encontrava na rua, sempre alguém reconhecia o rosto dele e me dizia como chegar à casa onde o tal sujeito (sempre com outro nome) morava. Eu pegava o carro, achava a casa, batia na porta, e em todas as vezes saía alguém muito parecido com o seu autor, só que não era ele. Sem exageros: essa situação se repetiu umas dez vezes. Uma total bizarrice. Sem mencionar que, de fato, como ele sugere na carta, deve haver mais pessoas chamadas Mantoan naquela cidade que Silva no Brasil, guardadas as devidas proporções.

Apesar das dificuldades, só desisti de procurar o seu autor no dia em que precisava voltar a Paris. Resolvi, entretanto, dar uma última chance ao acaso. Mostrei a foto para uma velhinha muito simpática (que, pela cara, podia ser até avó dele). Ela conversava com outras quatro velhinhas no portão de uma casa já quase no limite da cidade. Quando a velhinha começou a rir, eu tive um bom pressentimento. Depois, quando a velhinha mostrou a foto para as amigas e todas começaram a gargalhar e a dizer *ungherese, ungherese*, aí eu tive certeza de que finalmente estava na pista certa.

Não foi fácil seguir as instruções das simpáticas velhinhas, mas eu acabei encontrando a casa caindo aos pedaços onde o Mantoan tinha se escondido do mundo. A placa que ele afirma, na carta, ter colocado para espantar os moradores ("*Diavolo di* Cavarzere") não existia. Havia, sim, uma caixa de correio onde se lia *Orocz*. Como você bem sabe, eu sou uma das poucas pessoas fora da Hungria capaz de dominar o húngaro quase à perfeição. Não tive nenhuma dificuldade para decifrar o enigma. *Orocz* é a palavra húngara para "russo". Orocz é também o sobrenome da avó materna do seu autor, que era de origem alemã. Você sabia disso? Eu descobri quando fui à prefeitura de Cavarzere para tentar descobrir o endereço dele. Uma simpática funcionária me mostrou todos os documentos do pedido de cidadania italiana feito pelo Mantovani. De fato, o verdadeiro sobrenome da família dele é Mantoan. Entre os documentos da família constava a certidão de casamento do italiano Gaétan Mantoan com a alemã Rosalia Orocz, avós paternos do seu autor.

Talvez tenha vindo dessa confusão onomástica a ideia absurda de misturar a KGB na história que ele (transcr)escreveu. Um paranoico tem sempre à mão uma boa desculpa para justificar suas fantasias de perseguição. Sim, Pascoal: na minha opinião, seu autor é um paranoico contumaz (você sabe se ele foi mesmo internado em alguma instituição psiquiátrica, como ele sugere no texto?). Se não, vejamos:

O antissemitismo dos moradores de Cavarzere que ele menciona na carta é pura invenção. Você sabe como eu gosto de conversar em italiano. Joguei muita conversa fora com as pessoas que tentavam me ajudar a encontrar o Mantoan. E o que eu ouvi de mais de um morador é que os Mantoan, dali, são quase todos descendentes de judeus que fugiram da região de Mântua quando chegou por lá um inquisidor espanhol. Eles vieram para o Veneto e adotaram o topônimo para escapar à perseguição religiosa.

Se o seu Mantoan é descendente ou não daqueles judeus que migraram para o Veneto, não vem ao caso. O que me chama atenção é o fato de ele tentar construir para si uma pseudoidentidade judaica apenas para criar uma situação em que pudesse sentir-se perseguido. Ainda que eu me veja obrigada a reconhecer que, de fato, havia uma mulher de aparência eslava perambulando pela cidade com uma foto dele nas mãos. Era eu. Como dizem, todo paranoico também é perseguido. Meu Deus, mais um lugar-comum! Peço perdão. Depois que me tornei avó, os clichês invadiram meus pensamentos.

Voltando à paranoia, quando eu cheguei à casa no meio do milharal com o nome Orocz na caixa do correio, eu bati palmas, chamei, gritei e nada. Resolvi entrar pelo portão, atravessei um quintalzinho imundo e cheio de mato e bati na porta. Nada. As janelas estavam fechadas, mas dava para ver pelos vãos das venezianas que havia luz dentro da casa. Eu me aproximei da janela e ouvi um barulho de impressora lâser, bem baixinho. Então eu chamei: Mantovani! Mantoan! Nenhuma resposta.

Não deu dois minutos, e eu escutei o barulho de um motor de lambreta. Corri em volta da casa e vi que nos fundos havia uma espécie de picada no meio do milharal. Corri mais um pouco, mas só foi possível ver a poeirinha da lambreta sumindo ao longe.

A porta dos fundos estava aberta e eu resolvi entrar, porque afinal para mim era uma questão de honra dar a você alguma satisfação sobre o livro que você estava esperando. Senti um pouco de medo, confesso, mas entrei. Não havia ninguém na casa. O único barulho que vinha de dentro (além da descarga da privada vazando) era o da impressora laser imprimindo o texto que eu mandei para você. Eu tentei copiar o arquivo em um *pen drive* ou mandá-lo por *e-mail*. O seu autor paranoico, entretanto, protegeu o computador com uma senha que eu não logrei adivinhar.

Aqueles dois *post-it* que você deve ter encontrado no envelope, junto com o manuscrito, estavam colados nas bordas da tela do computador. Considerei que pudessem ter alguma relação com o texto. A frase em português eu reconheci imediatamente. Pianista fracassada que sou, não poderia ter deixado de ler inúmeras vezes *O náufrago*, do Thomas Bernhard. Li em português mesmo, uma vez que o alemão está na minha lista de idiomas que prefiro não aprender (talvez por sofrer também, ainda que de maneira mais tênue, da mesma mania de perseguição do seu autor).

Enfim, não foi difícil confirmar que a frase do *post-it* era mesmo da tradução brasileira de *O náufrago*. O outro texto, em inglês, é certamente outra citação, mas eu não tenho a menor ideia de quem possa ter escrito tal vulgaridade. E assim se encerra minha investigação.

Antes de terminar minha carta, porém, Pascoal, eu preciso lhe pedir um favor. Não deixe de me manter informada sobre as tais fitas. Considerando o jogo de palavras e notas musicais que aparece na carta (CFD e os intervalos de terça e quinta); a relação entre os caderninhos do Perácio e os capítulos do livro; a fuga de Olga Haagam (nunca conheci um judeu com esse sobrenome, mas confesso ter gostado do anagrama) para Georgetown e o nome da rua da cidade dos Palanques; a citação de Schopenhauer disfarçada e o nome do pub da cidade; a inclusão no sonho do *Amargo Pesadelo* da cena de *O Exorcista* que foi cortada na versão original do filme de 1973 (ato falho ou deliberado?); os LL metidos entre os EE de Elle / Elle se mete entre eles – considerando detalhes como esses, parece-me impossível não duvidar da autenticidade da transcrição. Porém, Pascoal – e lá vem outra frase desgastada pelo uso – há mais mistérios entre terra e céu do que sonha nossa vã filosofia. Sou cética até mesmo em relação ao meu ceticismo. E admito: estou obcecada com essa história.

Ando tendo pesadelos recorrentes com medidas, teclas e cordas de piano desde que li o livro. Na noite passada mesmo, sonhei que precisava afinar o meu piano de cauda usando um paquímetro digital. Eu nem sabia que existia tal coisa, até ver um deles na mão de um vendedor na La Quincaillerie, do boulevard Saint Germain. Acordo com tanto mau humor e faço tantas tolices que até minha filha ameaçou me proibir de brincar com minhas netas caso eu não procure imediatamente um psiquiatra. A propósito, tenho consulta marcada para amanhã.

Enfim, Pascoal, eu lhe imploro: encontre logo esse seu autor e obrigue-o a entregar as fitas. Eu preciso ouvir aquela voz sinuosa. Eu preciso saber se CFD disse mesmo aquelas coisas todas da maneira como elas estão transcritas no original ou se o Mantovani está de sacanagem. Eu preciso saber se ele alterou o texto da gravação. Não me peça maiores explicações. Apenas, tente entender. Faça esse favor para esta sua amiga que tanto lhe quer bem.

Antes que eu me esqueça: se você decidir mesmo publicar o livro, sugiro que você mude o título. *O Relato de CFD*, como está na capa do original, não me parece uma boa opção. Que tal: *Perácio – relato psicótico?* Combina mais, não combina?

Lembranças à Lúcia e às crianças. Um beijo,

RIVKAH LAGUNOV

Este livro foi composto
em Jenson para a Leya em
outubro de 2010.